負けない力

橋本　治

朝日文庫

本書は二〇一五年七月、大和書房より刊行されたものです。

はじめに

いきなりでなんですが、この本はなにかの役に立つような実用性のある本ではありません。「自分は気が弱くて、なんでもすぐにあきらめてしまうから、〝負けない力〟を身につけたい」と思う方がいらっしゃったとしても、残念ながら、多分なんの役にも立たないでしょう。少なくともこの本は、「負けない力を身につけましょう」と言うような本ではないからです。

この本で言う「負けない力」とは、知性のことです。だからといってこの本は、「手っ取り早く知性が身につく本」でもありません。もしかしたら、「いつの間にか知性が身についていることに気がつく本」にはなるかもしれませんが、その保証もありません。この本はなんの役に立つのかよく分からない、ただの「知性に関する本」なのです。

ある時、私のところに若い編集者がやって来て、「知性に関する本を書いてくれませんか？」と言いました。言われて私は、「知性ね？　知性ってなんだろう？」と考えました。その答が「知性とは〝負けない力〟である」だったので、この本のタイトルは『負けない力』になったのです。どこかにそういう定義があったというわけでもなく、どこかのえらい人がそう言ったわけでもありません。そういう定義があったり、えらい人がそう言っていたとしても、私はそんなことを知りません。ただ「知性ってなんだ？」と考えて、私の出した答が「負けない力」だったというだけです。

これだけでもう、この本が「なんの役にも立ちそうにない本だ」ということくらいは分かるかもしれません。なにしろ「知性とは負けない力である」と言って、そんな根拠はどこにもないからです。だからといって、私は別に困りません。なにしろこの本は『負けない力』なのです。不安になる理由もありません。今時、「知性」なんていうものにどれほどの価値があるかは分かりません。だから、「あの人は知性のない人だ」というジャッジの仕方だって、今じゃあまりされません。そんなことを言われたってピンと来ない人がやたらと増えてしまったのですから、仕方ありません。その点でも「知性」は、「なんの意味があるのかよく分からない、なんの役にも立たないもの」なのです。

　現代で必要とされるのは、「負けない力」などという薄ぼんやりしたものではありません。もっと明確で積極的な「勝てる力」です。「勝てる力」の実効性、有効性に比べたら、「負けない力」である「知性」なんかは、あってもなくてもいいようなものです。

　おまけに、「負けない力」という言葉にはネガティヴなニュアンスも隠されています。なぜかと言えば、「負けそうな状況」がなければ、この「負けない力」は威力の発揮しようがないからです。重要なのは、そんなめんどくさい状況に巻き込まれないことで、そう思う人が多くなってしまえば、「負けない力」なんかはなんの意味も持ちません。

　「負けない力」というのは、別の言い方をすれば「防衛力」です。そして、防衛力というのは武力のことで、これは戦うための力です。「戦うための力を持っていて、それを戦うために使わないのは矛盾ではないか？」と考えてしまうと、「負けない力＝防衛力」にはなんの意味もなくなって、「その力があるのなら戦え！」ということになってしまいます。

うっかりするとそういう考え方をする人が増えているので、「負けない力」である知性なんかはなんの役にも立たないと思われて、そういう時代なので私も「この本はなんの役にも立たない本かもしれません」と言っているのです。

しかし、自分で言っておいてなんですが、「役に立つか、立たないか」という判断は絶対的なものではありません。「役に立たないからいらない」として、「役に立たないもの」を平気で捨ててしまうのが一般的なあり方だということは知っていますが、知性というのは、「なんの役にも立たない」と思われているものの中から、「自分にとって必要なもの」を探し当てる能力でもあります。

この本は、「読んでもなんの役に立つのかよく分からない本」ですが、まえがきでそんなことを言うこの本は、「役に立たないと思われているものの中にだって、結構複雑なものは隠されているかもしれない」と言う本なのかもしれません。

負けない力●目次

第一章　知性はもう負けている

第二章 知性はもっと負けている

第三章　「知性」がえらそうだった時代

第四章　「教養主義的な考え方」から脱するために

第五章　「負けない」ということ

終章　世界はまだ完成していない

負けない力

第一章

知性はもう負けている

「知性がある」と「頭がいい」は関係ない

私のところにやって来て「知性に関する本を書いてくれませんか？」と言った若き編集者は、この本を出版した大和書房の三輪謙郎くんですが、彼がなにを言ったにしろ、彼の望んでいたものが「知性に関する本」などという漠然としたものだったかどうかは分かりません。

おそらく彼が望んでいたものは、「世の中のことがスパスパ分かるようになる、読むだけで頭がよくなりそうな本」だったのではないかと思います。そういう本なら、きっと「役に立つ本」でしょう。でも私は、脳科学者とかそういう人ではないので、「どうすれば頭がよくなるか」というような方法を知りません。私が知っているのはもっと別の、「あまり役に立たないこと」です。

たとえば私は、今の世の中で「知性がある」と「頭がいい」と「勉強が出来る」の三つを、同じものだと思っている人は多いだろうな、ということを知っています（あまり役に立ちそうもないことでしょう?）。

「知性がある」と「勉強が出来る」は違います。「頭がいい」と「知性がある」とでは重なるところもありますが、「IQが高い」というのと「知性がある」というのがイコールかどうかは分かりません。「頭がいい」と「知性がある」は関係ないと思っていた方がいいでしょう。

知性が、「似ている」と思われる「頭がいい」や「勉強が出来る」と違うのは、知性が数値化出来ないところです。

「頭がいい」とか「勉強が出来る」というのは、「成績」という形で数値化されます。「IQ」というのは、ストレートに「頭のよさの数値化」です。でも知性というのは、「頭がいい」方面のことだけではなく、人間が社会生活を営む上で備えておかなければいけないさまざまな要素——たとえば「モラル」とか「マナー」というようなものまでを含んだ、複雑なものなのです。

『羊たちの沈黙』に出て来たレクター博士のように、「IQは非常に高いけれど、その一方で異様な欲望を抱えている反社会的人物」というようなキャラクターが、フィクションの世界には時々登場しますが、そういう人達を「知性のある人」とは言いません。ただの「頭がいいだけのへんな人」です。

そういう人には、自分の「異様な欲望」をコントロールする能力がありません。だから、「異常な犯罪者」になったとしても、頭だけは無駄にいいので、「自分のやったことの正当性」などを平気で口にします。そのようにキャラが造形されるのです。

人間が社会生活を営む上で必要なのは、自分の欲望をコントロールすることです。実際にそういうコントロールが出来ているかどうかは別として、重要なのはその「必要」を理解して、自分自身が生きる上での前提にしておくことです。それこそが「知性がある」です。

知性にはそのような「余分な要素」がくっついていますから、ただの「頭がいい」とは違うのです。それで、「頭はいいけど知性がない」とか、「勉強は出来ても知性がない」というようなことが起こります。「知性」がなんだか分からなくても、そんな風に言われるとなんとなく分かった気がするのは、やっぱり「知性」というものが

「人の身に備わってしまうもの」だからでしょう。
「頭はいいけど知性がない人」と言われて、どんな人を思い浮かべますか？　私は「品がなくてがさつな人」を思い浮かべて、「勉強は出来ても知性がない人」と言われると、「つまりはバカなんじゃないの？」と思ってしまいます。

そういう「余分な要素」がくっついているのが知性ですから、「知性、知性」なんてことを言うと、「つまりは行儀よくしてろってことですか？　そんなことしたって成績は上がらないし、社会で活躍することだって出来ないじゃないですか！」と言われてしまうかもしれません。

しかし、再三申し上げている通り、知性というのは「負けない力」なのです。だから、「成績をアップしたい」とか「社会でバリバリ活躍したい」というような、「勝つ」方面の役には立ちません。精々、「社会でそれなりの活躍が出来ていればいいか」と思える程度にしか効力を発揮しないのです。

価値の基準はどうして「一つ」になったのか

しかし私は、「知性というものはなんの役にも立たないものだ」と言うために、この本を書いているわけではありません。

昔は、「知性がある」も「頭がいい」も「勉強が出来る」も、同じ一つのグループの中に仲良く収まっていました。それがいつの間にか、知性だけが「役に立たないもの」として排除されて、「知性ってなんなの？　なんの意味があるの？」という扱いを受けるようになったというだけです。それで私は改めて、「知性って、あなた達が思うような〝役に立つもの〟ではありませんよ」と言っているだけです。

知性が役立たずのものになってしまったことには、いくつもの理由があると思いますが、最終的には知性に「余分な要素」がくっついていることが、知性をマイナーなものにしてしまったのではないかと思います。

「余分な要素」がくっついているおかげで、知性は数値化出来ません。だから、「道徳という課目の成績を数値化することなんて出来るんだろうか？」と、「道徳教育の強化」を言われた学校関係者は悩むのです。

そうであっても、やっぱり世の中的には「頭がいい」ということは必要とされます。そして、よく考えるとやっぱり「頭がいい」ということも数値化出来ません。ＩＱという「頭のよさに関する数値」というのは、努力すれば上がるというようなものではないし、普通の人は自分のＩＱなんか知りません。それで、「努力すればなんとかなる」が建前の民主的な社会は、「努力が報われる数値」であるような「学校の成績」を使って、「頭のよさ」を数値化しようとしたのです。

「勉強が出来る＝頭がいい」は、試験の成績という数値で判断出来ます。そして「知性なんか似たようなもんだろ、でもめんどくさいからそんなもん考えなくていいや」ということになって、「知性」は排除されるのです。

「知性がある」と「頭がいい」と「勉強が出来る」の中で、一番役に立って重要だと思われているのは、「頭がいい」です。「試験の成績」というのは「頭のよさを数値化したもの」と考えられ、これが「他人のあり方」と結びつけられて「偏差値」という数値が算出されます。こうなればもう、いたって分かりやすい「頭のいい者が勝つレース」の設定は出来上がりです。

学校教育の世界には、いつの間にかそういう分かりやすいレースが出来上がってい るので、子供も親も、「頭のいい者が勝つ。だから、勉強のノルマをこなしてさっさと頭のいい者にならなければならない」という単純なルールに、慣れてしまいました。「分かって理解して呑み込む」というのではなくて、「〝そういうことになっているからそういうもんだ〟と思っている内に、〝そういうもんだ〟状態になれて、いつの間にかそのように思い込んでしまっている」というのが、正解かとは思います。

単純なものの方が分かりやすく、分かりやすいものが一度呑み込まれてしまうと、ちっとやそっとでは揺るがない強固なものになってしまうのです。

小学校入学から高校卒業まで十二年間あります。学校は「勉強をする所」ですから、人生の初めの十二年間をそういう環境で過ごせば、どうしたって「勉強は出来なくちゃいけない。頭は悪いよりいい方がいいんだ」という考え方はしみついて、「頭がよくなければ人生の勝者になることは出来ない」という思い込みも定着します。「頭のよさ」は「試験の成績」という分かりやすいものによって数値化され、その数値を見れば、その人が「どの程度の人間」かが分かるのだと思われてしまいます。でも、「知性」は数値化されません。「余分な要素」もくっついています。だから効率化を考えて、「知性なんかどうでもいい、試験の成績を上げることだけを考えなさい」になり、「勉強の出来、不出来だけを考えればいい」になったのです。

「勉強しなきゃ勝てない」は、明治時代以来の日本人の思い込み

どうして人が試験の成績によって数値化され、選別されなければいけないのかということが、私にはよく分かりません。きっと、日本の社会が「優秀な人」を必要としていたからでしょう。

鎖国をしていた江戸時代の終わり頃になって、日本の近海に外国の船が出没するようになります。それからご承知のようにアメリカからペリーが黒船に乗ってやって来て、日本に開国を求めます。グローバリズムの時代の幕開けと言ってもいいようなものですが、徳川幕府がペリーの勧告を受け入れて開国をしてしまったのは、「そうすれば日本にとってメリットがある」と思ったからではありません。「開国を拒否したインドや中国がイギリスとの戦争に敗れ、植民地化されてしまった」という当時のアジア情勢を知っていたからで、開国の最大の理由は、「このままではやばいことにな

りかねない」です。

ところが、後になって徳川政府を倒して明治維新政府を作る中心勢力の薩摩と長州の二つの藩は、この方針を理解しません。頑《かたく》なに外国を拒否した結果、それぞれ個別に外国との戦争を惹《ひ》き起こし、大打撃を受けます。「開国しないとやばいことになる」をリアルに体験してしまった二つの藩は方針を転換して、その結果「薩長の藩閥《はんばつ》政府」と言われる明治維新政府を作ってしまうのです。その後がどうなるかは、なんとなく分かります。

「負けない」のレベルではだめで、「列強《れっきょう》」と言われた西洋諸国と互角になって、更には「勝つ」というところまで行かないと安心出来ないのです。近代の日本政府はそのように考えて、「富国強兵《ふこくきょうへい》、殖産興業《しょくさんこうぎょう》」というスローガンを打ち出します。「軍備を強くして産業を興し、国を豊かにする」です。

それを実現するために必要なのは、「進んでいる西洋に学ぶ」です。自分達で考えるより先に、進んでいる西洋の知識をマスターすることが最優先されます。「自分でめんどくさいことを考えるな。勉強には達成すべきノルマがあって、それをマスター出来なければ負けだ」という考え方は、こうして生まれるのです。

勝つために勉強をして、でも負ける

勝つために、昔の学生は「なんでもかんでもさっさと呑み込め」という苦行に近いような勉強を当然としていたのですが、それでも日本人は結構頭がいいので、西洋の考え方や技術を取り入れるだけでは終わりません。西洋由来の技術を独自に発達させて、その内に「勝てる！」という自負心を持ってしまいます。

自負心を持つのは結構ですが、「その結果負けてしまう」というところへ行ってしまうのが、日本です。

第二次世界大戦では、アメリカと戦って負けました。「日本はすぐれていると思っていたが、アメリカの方がすごかったので負けた。もう一度、先進国アメリカから学んでやり直しだ」ということになります。明治時代の学ぶべき先進国はヨーロッパでしたが、今度はアメリカです。「英語が出来なきゃだめだ」という風潮が生まれるのも、ここからです。

「遅れているから先進国に学ばなければならない」は当たり前のことですが、日本がそれをやるのは明治維新の時と、このアメリカとの敗戦時の二度です。最初は「負けたらやばいから先進国に学べ」で、二回目は「負けたからやっぱり先進国に学ぼう」です。

この二度の繰り返しで、「考えずにさっさと学べ」という勉強体制が強化されて、「人間の出来、不出来は学校の成績で判断出来る」というへんな信仰が生まれてしまうのです。

どうしてそんなに負けるんだろう?

でも、日本人はやっぱり頭がいいので、アメリカを新しいお手本にしても、すぐにこれをマスターして、独自に発達させてしまいます。そしてついにアメリカに勝ってしまうのです。時代はもう、先進国同士が武力で戦争をする時代ではなくなっているので、日本が勝つのは「経済」という局面の戦争です。

この戦争で日本は、アメリカだけではなくて、第二次世界大戦以前の「先進国」であったヨーロッパ諸国にも勝って、「世界一の経済大国」になってしまいます。勉強の仕方は「先進国のコピー」ではあっても、その後に「独自の進化」を実現させてしまうのですから、結局日本人は優秀で頭がいいのです。

しかし、であるにもかかわらず、やっぱり日本はまた負けてしまいます。今度の負けは「バブルがはじけた」です。

バブルがはじけたのは、誰のせいでもありません。日本人のせいです。日本の成功を妬《ねた》んだ外国勢力が、ひそかに針を持って日本に潜入して、ふくれた好景気のバブルを突《つ》いてはじけさせたわけではありません。好景気で生まれた「余った金」の使い方がよく分からない日本人が、「行け行けドンドン！」と好景気の泡をふくらませてはじけさせただけです。だから、バブルがはじけて敗者となった日本は、もう一度「勉強」のやり直しです。

でも、本当だったら日本人は、ここで「なんかへんだな？」と気がついてもいいのです。

先進国のコピーをしているだけだったら、先進国には追いつけません。でも、日本はただのコピーのレベルを超えて、自分なりの独自のものにして先進国に迫ります。それだけでも大変なのに、日本は追いついて勝って、世界一になったり、「世界一だ」と思い込んだりします。でもその先に待っているのは、「負けちゃった」という結果です。

負けたら大変な被害と損失が生まれるんですから、「負けないこと」をまず第一に考えるべきです。でも、どういうわけか日本人は、「どうして我々は負けてしまうのだろう?」を考えないのです。考えるのは、「もう一度勝とう」ばかりです。

勝ちに行くつもりで負ける日本

どうして日本は、いいところまで行って負けてしまうのでしょうか? それは日本が「ここら辺でやめておこう」という考え方をしないからです。「バブルがはじけた」になるまでの日本は、「うっかり勝ちに行って、結果負けてしまう」です。「誰かに負かされた」であるよりも、「勝ちに行くつもりで足を滑らせて負ける」に近いのです。

第二次世界大戦でアメリカと戦って負けたのだって、初めは勝っていたので気をよくして、ずるずると戦争を続けたのがいけなかったのです。第二次世界大戦では、イタリアが敗れ、ナチスドイツが敗れても、日本はまだ戦争を続けていました。アメリカとの戦争である太平洋戦争は、そもそも日本側が「短期決戦なら勝てる」として始められたものです。「長期戦になったら、日本には戦争を続けられる力がなくなる」と分かっていても最初に勝ってしまったおかげで「やめ時」が分からなくなって、負け続きの悲惨な結果を見ても、まだやめられずにいたのですね。

太平洋戦争と「バブルがはじけた」は全然違うものと思われるかもしれませんが、「うっかり勝ちに行ったおかげで負けてしまった」という点では、同じです。だから、「勝ちに行こう」なんてことを考えなければいいのです。「その先はちょっとやばいぞ」であるような「あと一歩」の見極めが出来なくて、うっかりと足を踏み出し、勝ったように見えて、でも負けてしまうのです。もしかしたらその背後には、薩長の藩閥政府以来の「負けたらやばいことになるから、勝たなければならない」という不安心理があるのかもしれません。

余分なことかもしれませんが、日本で多くの総理大臣を輩出している県の一つは、旧長州の山口県です。薩長の藩閥政府以来の「伝統」は、まだ生きているのかもしれません。

もう日本が学ぶべき「先進国」はない

日本のバブルがはじけた頃、アメリカは経済の戦略を変えて来ます。もう「物を作って輸出して儲ける」というやり方が古くなって、金融や投資が経済の前面に出て、インターネットの出現による通信産業――ＩＴに注目が集まります。

日本のバブルがはじけたのは、儲けた金の使い道がよく分からない――つまり、投資や金融がうまく行かなかった結果ですから、経済のシチュエイションがそのように変わってしまったら、またしても「先進国アメリカに学ぶ」です。日本の大学を出てアメリカの大学に入り直し、ＭＢＡという経営学の方の資格を取る人が増えて来るのもこの頃で、コンピュータのことがよく分からないオヤジ達が「古い」と言われて排撃されるようになるのもこの頃からです。

真面目な日本は、そうやって再び「先進国に学んで追いつこう！」をやるのですが、残念ながらその先進国には、「ＩＴバブルがはじけた」とか「リーマンショックで世界経済は大打撃」というようなことが起こります。だからよく考えると、もう日本には「学ぶべき先進国」というのがなくなっているのです。

もう日本には、お手本となって追い越すべき「先進国」はありません。逆に日本の躍進をお手本として、日本を追い越そうとする「後進国」の追い上げがあります。日本にとっては「大変な事態」です。「先進国に追いついて勝たねばならない」で躍起になっていたところへ、後進国の追撃です。「負けちゃいられない、勝たねばならない」のメンタリティが増幅されます。

しかし、これもまた落ち着いて考えてみると、そうそう「大変な事態」でもありません。なぜかと言えば、これまでの日本が「勝利」の方向へ進めたのは、ただ先進国のあり方をコピーするだけではなくて、学んだことを独自に進化発展させることが出来たからです。

「独自の進化」が可能であるのだったら、もう「お手本としての先進国」はいりません。「先進国のコピー」であることによって追いつこうとしている発展途上国を恐れる理由もありません。日本はその過去に於いて、何度も「先進国を超える独自の発展」を達成しているからそう言うのですが、しかしそうであっても、日本にはかつて経験したことがないような「新しい危機」が訪れます。それは、「若い人材にこれまでのような〝独自の達成〟が可能なのか？」という問題です。

日本には、「独創性を育てる教育」なんかない

日本の学校教育に「生徒の独創性を育てる教育」などというものは存在しません。日本の学校は「基礎学力を身につけるところ」で、その基礎学力を身につけるのは「受験に通るため」なのです。だから、「基礎学力を身につけるとその上に独創性が宿る」という考え方をあまりしません。逆に「独創性などというものを振り回されると、基礎学力を身につける上で邪魔になる」と考えてしまうのです。

その日本で一度だけ、「生徒の独創性を伸ばすことを考えてみようか」と、教育のあり方が見直された時があります。例の「ゆとり教育」ですが、もしかしたらこれは、「生徒の独創性を伸ばす教育」ではなかったのかもしれません。

高度成長からバブル経済の時代に入って、日本は豊かになりました。それでも「日本を支える人材」を育てるための学校教育は、従来のままです。「受験のための詰め

込み教育」と言われるものが続いていて、「そのおかげで生徒達の心が荒廃していじめが起きるようになった」というようなことが考えられます。だから「この際、従来の詰め込み教育をやめたらどうか」ということになって、ゆとり教育です。でも、私はその辺りのところを少し疑っていて、ゆとり教育が実現されてしまったのは、「もう日本も豊かで、誰かがこの日本の社会を支えるなんてことをしなくてもいいんじゃないの?」と考えられた結果なんじゃないのかと思うのです。

だって、ゆとり教育は「もうそんなに勉強をしなくてもいい」という種類の教育ですからね。バブルの時代にそういうことになったのならまだ分かりますが、ゆとり教育が始まったのは、バブルがはじけた後です。「ゆとり教育」という設定が考えられたのはバブル経済へ向かって行く時期で、「具体的にどうしようか?」と考えている内にバブルがはじけてしまったのです。

バブルがはじけて、「これからみんなで日本経済と社会を立て直さなきゃいけない」という時期になって、「もう日本は豊かだから、そんなに勉強しなくてもいいですよ」という教育方針を国家が出すというのは、考えてみればとんでもないことですが。もしかしたら「バブルがはじけた」にピンと来ていなかったのかもしれません。

「子供を無教育状態のままにしておけば、独創性は育つ」などというバカげた考え方をした結果なのかどうかは分かりませんが、日本の教育がすごいのは、教育関係者が「独創性」というものをよく分かっていないところです。さすがに、「独創性を伸ばす教育」がない国です。

ズレが日本の独自性を生む

日本人が「日本人ならではの独自性」を身につけるのは、学校を出て社会人になってからです。もちろん、学校を出たすべての日本人が「日本人ならではの独自性」を身につけるわけではありませんが。

どうしてそんなことが言えるのかというと、日本の学校教育とそれに併行して存在する受験に勝つための塾や予備校で教える方向が、「日本の現実」とはズレているからです。

日本の学校教育は、社会の方を向いていません。向いているのは「上級学校の方」だけで、だからこそそこに「受験」という太いパイプが通ってしまうのです。日本の学校教育のゴールは「上級学校に入ること」で、入ってしまえばもうおしまいです。

日本の教育は「学校」という特殊な世界の中に限定され、「上の学校へ行かなければどうにもならない、上の学校へ行けばなんとかなるんだろう」という親や子供の思い込みにだけシフトしていて、学校の外にある「現実社会」へは向いていないのです。長い間、「それでなんとかなる、十分だ」という思い込みがあったので、ずっと社会のあり方とは無関係のままだったのです。

明治時代になって「学校」という教育制度が作られたのは、「先進国に勝つために、必要な学力を国民の身につけさせるため」です。だから、その内容は当然、「日本の現実に即したもの」ではなくて、「遅れた日本の現実を消してしまえるような、欧米先進国寄りのもの」です。学校というのは一種特別な空間ですから、まァ、それならそれでもいいのですが、しかし「日本の現実」というのは、それとは別にしっかりと存在しているのです。

だから、学校を出て社会人になった後で「なんかへんだな?」と感じる人は出て来ます。「なんかへんだな?」と感じて社会から離れたり距離を置いたりする子供のままのような人もいますが、「なんかへんだな?」と思って、現実社会のあり方に近づくように自分を変えて行く人もいます。学校時代は薄ぼんやりして存在感の薄かった人が、社会に出て、自分が現実社会の方によりよくマッチすると気づいて、改めて精彩を放つようになることだってあります。

なにが言いたいのかというと、「日本なりの独自性」というものは、「学校の勉強」と「日本的現実」の間にあるズレに気がついた人が、そのズレを埋めようとして生み出されたものだということです。「物作り日本」と言われた独自性を持った日本の技術の発展は、その結果のものなのです。

だから、自分の技術を磨き上げて誇りを持っていた昔の日本の職人達は、「学校なんか出たって、なんの役にも立たねェ」なんてことを言ったのです。

だから、高校卒業の段階で、「大学へ行っても役に立つようなことを教えてくれそうもないから、専門学校へ行こう」と考える人も出て来ますし、受験勉強をクリアして大学へやって来たにもかかわらず、「大学に来たのは大卒の資格を取るためで、大学じゃ役に立つことを教えてくれないから、大学生をやりながら実用的なことを教えてくれる専門学校に行こう」と考える人だって出て来ます。

もちろん大学の方だって、「今迄通りのことを教えていても、学生の数はそんなに増えないし、就職率もアップさせたいから、もっと実用的で役に立つ〝実学〟の方にシフトしよう」と考えるところが出て来ます。

遅ればせながら、「日本の学校教育と現実の間にあるズレ」に気がつくのは結構ですが、でも現実社会というのは、分かりやすく教えやすいマニュアルで出来上がっているものではないですし、マニュアルをマスターするだけでなんとかなるようなものでもありません。マニュアルを学んで、でもその上で「自分なりの判断」が可能にならなければどうしようもないというのは、基礎学力の上に独創性が開花しなければどうにもならないというのと同じです。

だから、新たな人材を求める企業は、「個性あふれる人」とか「独創的な発想力を持つ人」という、なんだかよく分からない求め方をしてしまうのです。

就職試験は学校の勉強とは違う

日本の学校教育の「理念」がどういうものなのか、あるいはあるのかどうかも知りませんが、現実の学校教育が「受験」という分かりやすいレースを中心にして出来上がっているのは事実です。このレースに勝つために必要なのは、「レースに関するデータ」と「レースに勝つコツ」です。昔はそういうことを学校の先生が教えたりしましたが、今では学校の先生もいろいろ忙しいので、そのことを分かっている生徒や親達は、受験プロパーに特化した塾や予備校を頼ります。

そこは「レースに関するデータ」や「レースに勝つコツ」をよく知っている人がいて、そこへ行くなりアクセスをするなりすれば、「ここをこうすれば、君も勝てる」と、明確かつ具体的に教えてくれます。それは学校の勉強よりは「役に立つこと」なので、生徒の中には、「勉強というものは、明確なゴールに向かって進むもので、そのために、自分に見合った明確で具体的な指導を受けること」と勘違いをしてしまう人も出て来るでしょう。でも、小学校――あるいはその前から始まる「受験」という単純なレースの最後に控えているのは、入学試験という単純なものではありません。就職試験という、それまでとは次元の違うわけの分からないものです。

就職試験には入学試験と同じようなペーパーテストがあるところもありますが、就職試験の根本にあるのは、面接試験のような「どう対処したらいいのかよく分からない試験」です。

面接官はその結果を数値化しているのかもしれませんが、その基準がどんなものなのかは分かりません。もしかしたらそれは、「あれはいいかもしれないが、これはだめだろう」というような曖昧《あいまい》なジャッジだけなのかもしれません。はっきりしているのは、その前段階までは数値化された成績で合否が判定されていたのに、もうその状態は終わってしまったということです。

最終関門は「個性のある人」とか「独創性のある人」というなんだか分からないものです。数値化は出来ません。自分じゃ「個性がある」と思っていたり「独創性がある」と思っていても、ゴールでジャッジする人が「そうは思えませんね」と言ってしまったら、もうアウトです。

自己啓発本が必要になる理由

でも、ゴールで「あなたじゃだめ」とジャッジされたとしても本当にそこでアウトなのかと言うと、世の中というのは親切なところなので、「こうすれば面接試験に通る」とか、「就職活動はこうすればいい」ということを教えてくれる人や場所があります。就職も「受験の一種」と考える人達によって、その試験に通るための塾や予備校のようなものが生まれて、「あなたのここが問題だから、こうした方がいい」ということを教えてくれます。

人材を求める企業の方だって、「個性」や「独創性」を求めたって、あんまり個性が強すぎたり独創性の塊だったりすると、集団の秩序が乱される恐れが出て来ます。だから、「ほどほどの調和の取れた独創性」というなんだかよく分からないものが求められて、やっぱりピンポイントでの「こうした方がいいですよ」という専門家の指導が必要となってしまうのです。

知らないでいることを教えてもらって、それでなんとかなるのなら結構なことです。でもそれは「独創性が身についた」ということではなく、「自分の力で状況を切り開いた」というのとも違います。それは「状況を切り開くコツを教わった結果」なのです。だから、それで就職試験にパスしたとしても、その先にまた面倒な関門はいくつも待ち受けています。

仕事の上で、「なにやってんだよお前は！　こんなことも分からねェのか！」と言われたらどうしましょう？　「自分で考えろ！」と言われるだけで、なにも教えてもらえなかったらどうなるでしょう?　しかしそこも、心配はご無用です。需要のあるところには供給があるのが世の常で、だからこそ『こうすればできる人間になる』というような自己啓発本が世の中に存在するのです。

「捨てる神あれば拾う神あり」ですが、そうなるとどういうことになるでしょう?　挫折しそうになるたんびにコツを教えてくれる自己啓発本が必要になって、別に試験があるわけではないけれど、年柄年中「いつ試験が来るか分からないから」と思って、自己研鑽《けんさん》のノウハウ本と付き合わなければならなくなります。

「人間の一生は勉強だ」は珍しいことではありませんが、「一生ずっと受験勉強みたい」というのはどんなものでしょう?　その行き着く先は、もしかしたら『これで自己啓発本から自由になれる』という、おとぎ話のような究極の自己啓発本探しになるのかもしれません。

最初に言ったように、現代人はめんどくさい「負けそうな状況」に巻き込まれないよう、「役に立つこと」ばかりを選びます。それをするのが利口なやり方とは思われていますが、手っ取り早く「役に立つこと」ばかりを求めていると、知らない間に「負けそうな状況」の中にどっぷりと入り込んでしまっています。つまり「負けることに対する免疫力」がなくなるのです。真面目な人ほどそうなる確率は高いでしょう。

ここで私が「だから負けない力である知性は必要なのです」と、対面販売をする人のようなことを言えば話は簡単なのですが、再三申し上げますように、この本は「役に立つ本」ではないので、そんなことは言いません。

穴に落ちたらどうします？

大和書房の三輪くんに「知性に関する本を書いて下さい」と言われて、「はて、知性ってなんだろう？」と考えた時、私は「穴の中に落ちている自分」をイメージしました。

立って両手を伸ばしても穴の縁には届かないような深さの穴です。穴の底に立って丸く見える空を見上げながら、私は「さて、どうしたものかな」と考えています。まず穴から出なければなりません。穴の底の私は「どうやってよじ登ろうかな？」と考えています――そういう光景が頭に浮かんで、「知性ってこういうものだな」と思いました。ただそれだけの話です。

「穴の底」はマイナス状況です。そこから出ればプラス・マイナス・ゼロになります。マイナス状況から脱するためには、「どうすればいいかな?」と自分で考えなければなりません。それをするのが「負けない力」で、知性です。別にむずかしいことではありません。「答は自分の中にある」と思えるのが知性です。「答は自分の中にあるんだから、自分で答を引き出さなければならない」と思うのが知性です。珍しくもない、当たり前のことです。

では「知性がない」というのはどういう状態でしょう? 「どうしよう? だめだ」と思ってぼんやりしたり、一人で穴の底で泣き喚《わめ》いているのは、「知性がない」という状態ですね。「声を出して助けを呼ぶ」というのは一つの解決法で、そう考えて助けを呼ぶのは知性のなせるわざですが、そう考えて助けを呼ぶのではなく、「落ちた、どうしよう――」でパニックを起こしてわけも分からず大声を上げるのは、知性のなせるわざではないでしょう。

たとえば、穴の底にいるのは二人です。一人がもう一人を肩にかつぎ上げれば、かつがれた方の手は穴の縁に届きます。だから、二人で協力して一人が外に出ればいい。

そして、残った一人を助ける手段を見つけに行く――至って分かりやすい話ですが、そうならない時だってあります。

穴の底に落ちてどうしたらいいか分からなくなります。そこにもう一人の人間がいたりすると、「なんとかしてくれ！」と八つ当たりしたり、人がいるのをいいことにして泣き喚くだけになる人だっていないわけじゃありません。「二人で協力すれば出られる。かつぎ上げるから、先にここから出て助けを呼びに行ってくれ」と言われても、「そんなの出来ない。だったらあんたが先に出て助けを呼びに行けばいい」なんて言うのも、知性のない人間のやることです。「かつぎ上げられても出られない」と言う人は、「あんたをかつぎ上げるのなんかいやだ」と言う人でもあります。

知性がない――自分の中にあるはずの「負けない力」を発揮させようとはしない人、あるいは自分の中に「負けない力」があると思ってない人は意外と当たり前にいたりしますが、その中で一番ひどいのは、穴の中に「この穴から脱出する方法」を書いたものがないかと探す人ですね。

なるほど、頭のいい人のやりそうなことです。でも、ただの穴の中にそんなものが書いてあるわけはありません。エジプトのピラミッドの中にだって、「出口までのご案内」などというものが壁に刻んであるわけではありません。「ネットで穴からの脱出法を検索する」と言ったって、パソコンがそばになかったらどうしようもありません。「でも大丈夫、スマホはいつも持ってるから、誰かに連絡して助けに来てもらう」と言う人もいるかもしれませんが、スマホの電源が切れていたり、穴に落ちた時の衝撃でスマホが壊れていたらどうするんでしょう？「私のスマホは落としても壊れない機種です」とかいうような無駄な話が続くのも結構ですが、そうまでして、自分の頭で「どうしよう？」と考えるのがいやなんですか？

「便利な機器を使いこなせるのも、自分の頭で考えることだ」と言ったって、それがそばになかったり、使えなかったりした場合はどうするんでしょうか？

「自分で考えない」ことに関する答はもう一つあります。「私はそんな状況に陥らない」と断言することですね。「そもそも〝負けそうな状況〟に近づかなければ、そんなことを考える必要はない」ということですが、でも私は「もし穴に落ちたら？」と言っているのです。それに対する答が「私は穴に落ちない」だったら、その人は「自分が穴に落ちることもありうる」ということを想像出来ない、イマジネーションに欠ける人になります。たぶん、就職試験には落ちるんじゃないかと思います。

とりあえず失敗をする

「独創的な人間」になるのは簡単です。とりあえず、人とは違うことをすればいいんです。それをやって、人に嗤《わら》われたり無視されたり、場合によっては、自分でも「だめだ――」と思ったりすればいいのです。「そんなことのどこが独創的だ」と思われるかもしれませんが、今私の言ったことは「ただ独創的なだけの失敗例」です。独創的なものがすべてほめられるわけではありません。「独創的ではあるが、なんの意味もない」というのはいくらでもあります。

今の時代だと「なんの意味もないことに意味がある」という言い方だってありますが、それはつまり「意味があるというのがどういうことか分からない」ということです。だから、「なんの意味もないことに意味があるんだ」などというややこしい言い方をする人もいます。

独創的であるために一番手っ取り早い方法は、とりあえず勝手なことをやって失敗することです。そして、「自分は失敗するつもりでやったわけじゃないのに、なんで

〝失敗〟になったんだろう？」と考えればいいのです。

自分の失敗した理由を考えて、「そうか」と解明出来るのは、とんでもなく大変なことです。だから、その失敗を改めて成功にたどりつけば、それが「独創的」です。たとえその結果が「いかにもありふれたもの」であったとしても、その結果に至るまでのプロセスは独創的です。どうしてかと言えば、「いかにもありふれたもの」を作るためには、そんなへんな努力をしなくてもいいからです。「そんなめんどくさいことを考えなくても、こうすりゃ簡単に出来るよ」という「普通のやり方」は、大抵の場合、もうどこかに存在しているのです。

それを知らずに、あなたは自分の失敗の理由を理解し、自分なりの「なんだか分からない方法」で「ありふれたもの」を作った――「ありふれたものを作り出す」ということにたどりつけた。だとしたら、出来上がったものではなく、その出来上がるまでのプロセスが、あなたの「独創的なやり方」なのです。

「やり方は間違っちゃいないけど、これじゃ手間がかかるな」と言われても、めげる必要はありません。「なんであれ、自分は正解にたどりつく能力を持っているんだ」と思えばよろしいのです。

人は、成功したり失敗したりを繰り返してなんとかなる

現代で必要なことは、どうも「手っ取り早くマスターする」ということらしいです。でも、よく言われることですが、手っ取り早くマスターしたことは、手っ取り早く忘れます。ちゃんと覚えているために必要なのは、覚えたことに「自分なりのコード」を付けることです。それがないと、思い出そうとしてもなにを思い出せばいいのかが分からなくなって、「覚えた」という事実が無効になります。「手っ取り早く覚えたことは、手っ取り早く忘れる」というのはこれです。

では、どうすれば忘れないのか？　簡単な話で、手っ取り早く覚えなければいいのです。「ああやだ、こんなもん覚えたくない」と思っていやいや覚えると、覚えたことに「いやいややった」というコードが付いて、「覚えたくなんかなかったのに、覚えてるんだからやんなっちゃう」という形で記憶に残ります。検索もしやすいので、その「いやな記憶」がなんらかの形で役に立つこともあるかもしれません。

「やなことだからこそ記憶に残っちゃう」というもののひどい例がトラウマというや

つで、「やな思いをした」「苦労をした」というエピソード込みで覚えてしまうと、その記憶は忘れません。逆に「それを記憶する時にすごくいいことがあった」というコード付きの記憶も忘れません。どうしてそういうことになるのかと言えば、人間の中心にある一番大事なものが「自分のあり方」だからです。人がどう言おうと、それは騙《だま》せないのです。

人は、自分の失敗を埋めることによって、成功へとたどりつきます。その成功がどんなものであれ、成功というのは人をほっとさせ、癒《いや》してくれます。でも同時に、成功ばかり続けていると、人はだめになります。だから、成功状態を続けたいのなら、時々はそこに失敗を挟むことです。

失敗はマイナスで、成功はプラスです。マイナスばかりが続けば、人はひしゃげます。プラスでもマイナスでも、続くことは簡単に続きますが、プラスばかりが続くと人はいい気になってだめになります。成功ばかりで来た人は、この「だめになった」という状態を肯定的につかまえられず、もっとだめになります。だから時々、人は意図的に「ここら辺でちょっとだめになった方がいいんじゃないのか？　そろそろだめになる時期が来るかもしれない」なんてことを考えた方がいいのです。

マイナスばかりでもだめ、プラスばかりでもだめ、だから「プラス・マイナス・ゼロ」を心がけるのが、知性というものです。

それでも知性はジリジリと負ける

「人生はプラス・マイナス・ゼロがいい」なんてことは、私のオリジナルな発見ではありませんし、別に珍しいことでもありません。「中庸《ちゅうよう》（＝プラス・マイナス・ゼロ状態）を貴ぶ」なんてことは昔の人も言っています。

ちょっと考えれば到達出来る「プラス・マイナス・ゼロが一番いい」という考え方は、昔からあって、そういう考え方をするのが知性です。でも、その知性は現代ではあまりはやりません。どうしてかと言うと、行ったり来たりが多くて面倒くさいからです。

「そのやり方は間違っちゃいないよ。でも手間がかかりすぎる」と言われます。「その問題一つ解く間に、他の奴はもういくつも問題を解いちゃってるから、お前は負けちゃうよ」です。

「勝ち負けを問題にしたってしょうがない」と思っていても、「負けたら生活が成り立たなくなるよ」と言われてしまえばおしまいです。だから、「ぐだぐだ言わずにみんながやってるような、便利で手っ取り早い方法をマスターしろ」という、独創性とは無縁の方向へ走らされます――一方じゃ「個性のない奴はだめだ」で、独創性が要求されているにもかかわらず。

「知性はもう負けている」というのは、「へんなことを考えていると生存競争に負けてしまう」という現実があるからです。でも「負けそうな状況」はいつやって来ても不思議はなくて、そうなった時に「自分の頭で考える」という準備が出来ていなくてもいいのか、ということだってあります。

親切な「方法」なんかはない

この本は役に立つ実用的な本ではないので、「じゃ、どうすればいいのか？」なんてことを言いません。うっかり「方法」なんてものを出すと、「じゃ、そうやればいいのか」になって、言われた方は自分の頭で考えてはくれません。「もっと、もっと」の状態になるだけです。

他人にものを考えさせるためには、親切であるよりも、少し意地悪だった方がいいのです。わざとどこかを意地悪く欠落させておいた方が、「この欠ける部分はなんだ?」と思って、人は考えてくれるからです――もちろんその「人」は「知性を持った人」ですが。

成功は失敗を自力で埋めることによってもたらされるわけですから、答のないところを自分で埋めるようにするのが一番なのです。

「負けないように、負けないように、勝たなきゃいけない」と思って、手っ取り早く役に立ちそうな情報ばかりを求めて、その結果、自分の中の「考える力」を弱体化させて「負けそうな状況」を知らない間に近づけてしまっている。別の方面のことで言えば、「柔らかなものばかり食べていると顎の力が弱くなって、消化器官にもよくない影響が出る」です。そんなことだって、あるのかもしれません。

第二章　知性はもっと負けている

「知的な美人」がはやらない

「知的な美人」という言葉があります。言うまでもなく「知的な感じのする美人」のことですが、もしかしたらこれはもう死語に近いかもしれません。気がつけば、「知的な美人」というほめ言葉はあまり聞かれません。一九七〇年代の終わり頃から、八〇年代、九〇年代くらいまではよく聞かれましたが、いつの間にか「知的な美人」というのははやらなくなってしまいました。

今やアイドル文化の全盛期を通り越した氾濫《はんらん》期です。「可愛い」が第一のアイドルに「知的」という要素はいりません。はっきり言ってしまえば、バカに思えるくらいの方が可愛くて、「知的」な要素が強くなると男は引いてしまいます。「知的」というのは「タカビー（高飛車）」ということで、「上から目線の女」のように思われて敬遠されてしまうのです。

アイドル文化を含んで存在する「クールジャパン」というものは、（おそらく）世界に前例のない「大人にならなくていい文化」です。大人に必須の知性はなくてもよくて、「おバカタレント」というものが大手を振って罷《まか》り通り、「大人の女」は敬遠されがちになってしまいます。「知的な女」というと、「一人で勝手にえらそうな女」ということにもなってしまったので、目指す人は「知的美人」を目指すかもしれませんが、普通の女性達が目指すのは、万人向きの「女子力アップ」です。

現在のアイドル文化は集団アイドル体制で、メンバーがあまり「若い娘」ではなくなってしまうと「卒業」して独り立ちをします。「卒業」というのはつまり「大人になる」ということで、大きく広がった「大人にならなくていい文化」の中では「どうでもいい、もう関係のない存在」になるということなのです。

アイドルだった元少女達は、華やかだった青春時代を終えて「あまり目立たない若いだけの普通の女」になって行くのです。よく考えてみれば、青春時代が華やかすぎるのだけが異常で、このあり方自体は「普通」です。でもあまりそう思われないのは、その後のずっと長い「大人」の期間よりも、十年に満たない「若い娘」の期間が過大に華やかに持ち上げられすぎているからです。

こういう言い方をすれば怒られるのは重々承知していますが、「若いままでいい」ということは、「バカのままでもいい」ということです。

知識には「大人になるために必要なもの」とか「大人になってから必要なもの」がありますす。そういうものを身につけることによって、人は少しずつ「大人」になって行くのですが、見方を変えると「そういう知識を身につけると若さから離れざるをえない」ということになります。大人になるために必要な知識は、若さを錆《さ》びつかせるようなものでもありますから、いつまでも若いままでいるためには、いつまでもバカなままでいることが必要になってしまうのです。

状況がそのように変わってしまったので、「知的な美人」がはやらなくなったのです。「知的な美人」は「大人」で、「若い娘」を基準にしてみれば、「知的」もへったくれもなくて、ただ「もう老けてる」なのですから。

「知的な美人」が登場した頃

今のアイドル文化のあり方は集団アイドル体制ですが、このあり方を決定付けたのは一九九八年にデビューした「モーニング娘。」でしょう。でもそうなる前の一九九〇年代は、アイドル不毛の時期でもありました。どうしてかと言えば話は簡単で、時代がまだ「大人の女」や「知的な女」を求めていたからです。

「知的な美人」がはやっていた一九七〇年代の終わり頃から八〇年代、九〇年代にかけては、「女性の社会進出」が言われて、それが現実化して行った時期です。

それ以前、女性は二十代の適当な時期――適齢期と言われる頃に結婚して職場を離れ、専業主婦になるのが決まりのようなものでした。それが、「結婚」という選択肢を保留にして、「仕事を続けたい」と思うような女性が増えてしまった――というよりも、そういう女性達は以前から潜在的に存在していたのですが、もうはっきりとその姿を現すようになってしまったということでしょう。

それが当たり前になってしまうと、そうなる以前がどんなにとんでもないものだったのかということは、忘れられて分からなくなってしまいますが、女性が働くことがそんなに当たり前ではなかった時代は、結構とんでもないものでした。

女性がなかなか結婚しないでいると、「お前は結婚しないのか？　そうか、お前はしないじゃなくて、出来ないんだな」なんてことを会社の上司や同僚から平気で言われました。それで会社を辞めさせようといういじめなんかではなくて、ただの「軽い冗談」です。

「男は女より上で、女は男より下の存在でなければならない」という思い込みがまだしっかと存在していたので、「理屈を言う女は可愛くない」と思われ、その結果、「インテリ女は女らしくないブスだ」ということになっていました。「知的な美人」というものが必要とされるのは、こうした女性の閉塞《へいそく》状況があったればこそです。

「男に捨てられた」と思い込んだ女の人の中には、復讐の意味をこめて「きれいになってやる！」という決意をする人が今でもまだいるようですが、そのように「きれいである」ということは、女性にとって重要であるらしく、だからこそ「高学歴」だったり「知的」で「頭がよくて理屈が多い」だったりする女性達も、「きれいになる」を必要としたのです。

では、どうしたらきれいな女になれるのか？　別にむずかしいことはありません。ファッションに気を使って、ちゃんと化粧をすればいいだけです。昔の少女マンガには、「勉強ばかりしている、眼鏡をかけて髪の毛もボサボサの女の子が、きれいな女の子に変身する」というジャンルがありましたが、「勉強ばかりしているとファッションに対する興味の持ちようがなく、メイクの仕方なんか知らないままになってしまう」というのが、「頭のいい女はブスだ」が信じられていた時代の実情だったのです。

人間というのは、知らないことやよく分からないことを突きつけられると、なんだかんだ理屈をつけて拒否したがるものですが、勉強ばっかりだった昔の女性にとって、化粧やファッションもそういうものでした。だから、「おしゃれというものは、男の好みに合わせて、自分をバカに見せるものだ」ということが、一部の知的女性には信じ込まれていました。

実際またそうでもあって、「女の子はきれいな女になる」は女に関する当たり前の常識で、「きれいじゃないよりきれいな方がいい」で、「将来どうするの？」と問われても、「結局は結婚すると思うわ」という答が多数派で、ほぼ動かずにいました。

そういうものだから、「これは、自分をバカに見せる意識の低い今まで通りのものとは違う、自分をグレードアップして知的であるように見せる、新しいファッションでメイクなのですよ」という「知的な美人のファッションスタイル」が登場するのですが、今となってはなんともめんどくさい「経過」で「手続き」です。

「流行のあり方」が変わる

今となってみれば、頬骨を強調するような形でチークを入れて太い眉を描き、肩パッドの入った体の線がよく分からないブカブカの上着を着ることのどこが「知的」なのかは分かりませんが、そういうものがはやりました。「知的な女」のあり方がよく分からなかった時代だから、「こうすればあなたも知的な女」というファッションパターンがはやったのですが、しかし実のところ、これは「影響を持ってはいても、そんなにはやらない流行」でした。

なぜそんなへんなものが登場したのかと言いますと、「知的な女」というものが登場したことによって、「流行」というもののあり方が変わってしまったからです。

それまでにおしゃれと言えば、「流行を取り入れる」というのが必須でした。「流行だからみんなが着ているものを着る。みんなが着ているものを着ていないとおしゃれとは思われない」ということになっていました。

「スカートはミニじゃなきゃだめだ」という状態が何年も続いた結果、ファッションなんか関係ないおばさんのスカート丈も短くなり、そうなって一転して「ミニスカートはもう古い」になってしまうような、スカート丈の長さだけで流行が出来上がっていた時代もありましたが、「知的な女」が「知的な美人」を目指すようになると、その「流行」が一時的になくなってしまうのです。

その理由は簡単です。「私には知性がある」と思っている女が、どうして「人と同じような恰好」をしたがるでしょうか？　別名「キャリアウーマンファッション」と言われた「知的な女のファッション」は、「私は人とは違うのよ。普通のあり方に埋没しないのよ」と訴えるようなものだったのです。

だから、「知的な女のファッション」は、誰にも受け入れられるような「流行」ではないのです。そこで「流行」の質が変わって、一時的に「流行」がなくなってしまうのは、当たり前だったのです。

「知的な女のキャリアウーマンファッション」が出て来て、それが「最新の流行」のように見えても、それほどはやりません。世の中の若い女性の多数は、「私は普通の女だから、あそこまで極端な恰好をして浮き上がれないわ」と思っているからです。

それまでの「流行」は一つの大きな流れでした。でももうそれは「一つの流れ」ではありません。「私はキャリアウーマンよ」とか「キャリアウーマンになりたいわ」という女性は、まだそんなにいません。「私は普通の女でいいわ」というのが多数派です。多数派を見捨てて「流行」という商売は成り立ちませんから、「一つの大きな流れ」だった流行は、「知的な女」が登場した後で、いくつもの流れに枝分かれして行くことになるのですが、そのことによって「流行」の性質は大きく変わります。

それまでの「流行」は「みんなと同じ方向に行く」というものでしたが、「知的な女のファッション」が登場した後では、「私はみんなとは違う方向に行く」という流れも生まれます。

「私はみんなと同じではない。私は私なりの〝自分〟という女である」という自己主張が生まれて、これが後の「誰もが〝自分〟をアピールする個性的なおしゃれを目指して、その結果、全員がそこそこにおしゃれで〝みんな似たようなもの〟になってしまう未来」へとつながるのです。それが「知的な女のファッション」が登場して生まれた変化です。

「知的な女」は既に「知性」を持っています。そのことが認められさえすれば、別に「美人」なんかでなくてもよいのです。「知的な女」が登場した時代は「女の自立」が言われ始めた時代で、それを言う彼女達が必要としたのは「知性」でもなく「美」でもなく、まず自分が自分であるための「プライド」だったのです。

「社会の力」が弱くなると

「知的な女」というキィワードが登場して「知的な美人」がはやり始めた頃、女性達が本当に必要としていたものはプライドでした。

「知的な美人」はいいけれど、「知性ある女性」が不美人だった場合、これを「ブス」と言ってもいいのかという話もあります。「知的な女性」が「美人じゃない」という理由だけで排除されていいわけもないのなら、「そんなに美しくない女性」が「あまり頭がよくない」という理由だけで排除されていいわけではないのです。

誰にでも自己主張の権利はあって、だからこそ不当にバカにされる理由はない――

ったのです。

そういう本音が、「ただの知的な女」を「知的な美人」へと向かわせる時代の中にあったのです。

ある種の女性達が「知的な美人」という武装を必要とした時代は、「人としての尊厳」をグレードアップさせた「私のプライド」を多くの女性達が訴え始めた時代で、だからこそ「女の自立」が言われたのです。

一九七〇年代の後半は、後の時代になると当たり前になってしまうものがいろいろと登場する時代です。「女の自立」が言われれば、一方では「オタク」も登場し始めます。そういうものが登場するのは、日本の社会が豊かになって行ったからで、だからこそそれまでに支配的だった「考え方」が、急速に力をなくして行きます。

「我々は貧乏である」ということを前提にした社会主義思想が影響力をなくし、「そんなことやってお前はどうやって食って行くんだ!」という親のうるさい声も小さくなって行って、各人の自負心や自己主張が野放しになる下地が出来上がるのです。

普通、人間は大勢の他人と一緒に「社会」の中で生きていて、そこでは特定の人間の自己主張が強くなると、「調和を乱す、迷惑だ」という理由で制限をかけられることになっていました。かつてはそれだけの力が「社会」にはあって、「家庭」という最小単位の「社会」でも同じでした。ところが、一九七〇年代の後半から一九八〇年代にかけて、その「社会の力」が急速に失われて行くのです。

なんでもかんでも許される

それまでの日本にだって「個人の自由」はありました。でもそれは、「社会のあり方と調和的であらねばならない」という種類のもので、ある限度を「超えた」と思われると、「勝手にしろ！」と言われて「社会」から放逐《ほうちく》されてしまうようなものでした。

その典型は「不良」と言われるような人達で、自分の属する「社会」から追い出されると生きて行きにくくなるのが、「貧しさ」が支配的な時代です。でもそこに「豊かさ」がやって来てしまうと、「好きにしてもいい」という容認が起こります。もうへんな自己主張をしても、「社会」から追い出されることはなくなるのです。「オタク」が登場する時代は、やがて「フリーター」というものも登場させますし、「ニート」や「引きこもり」というものも容認するようになってしまいます。

それ以前に人が「自由」を求めるとなると、ドロップアウトという手段を取るのが普通でした。つまり「既成の社会から離れる」です。アメリカ由来の自由人であるヒッピーや、終身雇用制の会社を辞めて自分の生き方を探す「脱サラ」というのが、一九七〇年代中頃までの「自由の求め方」でしたが、「知的な女」や「仕事を続けたい女」が登場して来るようになると、それが微妙に変わります。

それ以前の基準からすると「変わった女」であるような、「知的で、仕事を続けたくて、キャリアウーマンでもありたい女性」が望むことは、「自分のいる社会から出たい」ではなくて、「自分のいる社会にそのまま居続けたい」だからです。「社会」は、そのような「変わった女」のあり方を容認するようになります。「各人の自負心や自己主張が野放しになる社会の下地」はそのようにして出来上がるのですが、なにがそれを可能にしたのかと言えば、それは「女の力」ではなくて、高度成長の時代を通り抜けた日本の社会が実現させた「豊かさ」なのです。

ボディコンという自己主張

私がここで語ろうとしているのは、「初めは重要な意味を持っていたはずの知性が、やがてはなんの意味もないものに変わってしまう、そのプロセス」です。そういうことを「一九七〇年代後半以後の女性ファッションのあり方」とからめているから、私の言うことは分かりにくいものにもなるのですが、その「変化のプロセス」ならもう語ってしまいました。

それは、「誰かが〝私は当たり前の中に埋没したくない〟と言い出して、それが当たり前になると、誰もが〝自分〟をアピールするような個性的なファッションになり、その結果〝みんな同じよう〟になる」です。そういう展開を「大衆化」と言って、「大衆化」はとんでもない変化を生みます。

たとえば、「ボディコン」はバブルの時代を代表するファッションで、「ボディコン女」というとどうしても「バカの代名詞」のようになっていましたが、これが実は「自己主張をする知的なファッション」なのです。

ボディコン以前のキャリアウーマンファッションは、「男に媚《こ》びないファッション」で、すれすれのところで「男を拒絶するファッション」になってしまいます。だから、「男を拒絶してなにが嬉しいんだろう」という考え方も一方に生まれて、「男を拒絶しない、女の体のボディラインをありのままに強調した服」も生まれます。「ボディコンシャス」は「体のあり方に意識的《コンシャス》」で、これを略して「ボディコン」です。外国語が使い勝手をよくするために短略化されると、その分「バカ度」も増すものですが、以上のような背景を持つのですから、「ボディコン」は思想的な服なのです。

左翼思想が生まれて勢いを持つと、それに対抗するために右翼思想が生まれるように、キャリアウーマンファッションが生まれてボディコンも生まれたのです。だからボディコンを着ると、「私はある思想的確信に従ってこれを選び取った――ゆえに私がバカであるはずがない」ということになって、高飛車になってしまうのです。それが「知的」の効果です。

そしてみんな思想的になった

ボディコンはキャリアウーマンファッションの対極にあるようなものですが、「私はえらいのよ」感が充満していることはどちらも同じです。そもそもファッションというものは「流行の尖端《せんたん》を行った者が勝ち」という質のものなので、ボディコンやキヤリアウーマンファッションの女がえらそうになるのは当然なのですが、流行の質が変わった一九七〇年代以降は、「流行の尖端を行った者が勝ち」だけですむ単純なものではなくなります。ファッションの流行の中に、「私はそれを選んだからえらい」という思想的な要素が入り込んで来るからです。

昔は一つだった流行の尖端が、もういろいろあって、だからこそ「なにを選ぶか」というセレクションが重要になるのです。バブルの時代から一九九〇年代にかけて大はやりになったブランド信仰がそれです。

外国の高級ブランドを身につけた人は、「なぜそれがいいのか」という言い訳みたいなことを言ったりしますが、あれは実のところ、「高級なものは値段が高いけれどいいものだから」ではありません。それは後付けで、高級ブランドを普通の人間が求める理由は、「私は高級ブランドを知っている。知っているから、私はそれを選べる」という知的優越感によるものなのです。その後に「そして買える」というものが来ます。

ボディコンもキャリアウーマンファッションもブランド物も、すべては「思想的なファッション」で、その背後には、それを選ぶ人達の「私は自己を主張したい」という気持があります。めんどくさい言い方をすれば、それは「私が私であることの自己証明」です。

この自己証明は「自分の外部にあるものを選び取ることによって可能になる」というもので、最早「自分」というものは「自分の内部にあるもの」ではなくて、「自分の外部にあるものを選び取ることによって表明されるもの」です。だから、この自己証明は金がかかります。

いつの間にか人は「思想的な存在」になって、「私が私であることを表明したい」という自負心は、社会が豊かになるにつれて当たり前に広がって行き、そこに不景気がやって来たってそう簡単には収まりません。収まらないのは、定着してしまった「私は私でありたい」という欲望がとても強いものだからです。

社会が豊かになって行くにつれて、「ファッションはその人の信念の表れ」というものになって行きますが、その先駆けとなったのがキャリアウーマンファッションです。その辺りから「ファッションが分からないのはダサイバカ」ということになるのですが、キャリアウーマンファッションが登場する頃に「ダサイ」という言葉が一般化して、一九八〇年代を覆ってその後もまだ生き続けているのは、「ダサイ」という言葉が、「おしゃれが分からないのはバカだ」という時代の気分を表す言葉だからで、時代はそのように変わったのです。

自己主張が強いからといって、知性があるわけではない

「私はおしゃれをしています」と思っている人間は、それだけで「私はえらい。世のあり方が分かっている、知的な人間だ」と思いがちになってしまいます。これは、「自己主張の強い人間は、自分に知性があると思いがち」という法則の変化形です。「そんなへんな法則は知らない」と思われるかもしれませんが、今私が作ったばかりの「法則」なので、ご存知なくても不思議ではありません。

自己主張の強い人は、「私は正しい」と信じています。そして、自己主張が強くなればなるほど「私は正しい！」の度合いも強くなって、「こんなに強く〝正しい〟と信じ込めるのだから、私は頭がいいのだ」と思い込めるのです。

もちろん、「自己主張が強い」と「知性がある」はまったくの別物ですが、「私は正しい！」をどんどん強く信じて行くと、その足許《あしもと》を固める都合上、「私はなんでも知

って、分かっている」と思い込む構造が出来上がるのです。

そういう人は確かに「なんでも知っている」なのですが、人間の脳味噌はそうそうなんでもフォロー出来るほどのキャパシティを持ってはいないので、「なんでも知っている」と思いたい衝動が強くなればなるほど、「知っている」と思える範囲が狭くなって、「極小の範囲でならなんでも知っている」になってしまいます。

昔の人はそういう状態を「井の中の蛙《かわず》、大海を知らず」と言って、それは別に珍しくもない「人が陥りやすい間違い」なのですが、「知性がある」と「自己主張が強い」が混同されてしまうと、そういうことも分からなくなるのかもしれません。

大衆化でみんな「そこそこ」になる

時代の方向は「大衆化」です。それで、「ファッションは知的な営みである」という考え方は広く浸透して一般化し、二十世紀の終わり頃の若い女性達はみんな流行に流されず、それぞれに「自分なりのファッション」を身につけるようになります。そのあり方自体が「流行」で、「流行」はそのようなものに変わったのです。

前にも言いましたが、誰もが「自分」をアピールするような個性的なファッションを目指すと、皮肉にも、その結果は「みんな似たようなもの」にしかなりません。初めに「極端なファッション」が登場した時は目立って、それを支持するのも少数の人です。しかし、慣れてしまえば「極端なもの」も「初めに思っていたほどのものではない」と思われるようになって、広まって行きます。「はやりのトレンド」になって広まって行けば、「とんがっている」と思われた極端さは薄められて、「広まりやすくて、広まってしまった流行」になります。

流行になれば「みんな似たようなもの」で、「大衆化」とはそういうものですが、だからといって私には「おしゃれなんか下らない」と言う気はありません。「〝おしゃれは知的な営みだ〟ということになって、知性のあり方にへんなバイアスがかかった」と思うだけです。

みんなが「そこそこ」になってやばくなる

おしゃれは「知的な行為」になってしまったので、「私はおしゃれをしています」

と思う人は、それだけで「私はえらい。世のあり方が分かっている知的な人間だ」と思えるようになってしまいます。そして、そういうことをおしゃれをしている誰もが考えるのです。誰もが考えるから、「そう考えてないとおしゃれにはなれない」になって、「おしゃれをしていないと仲間はずれにされてしまう」ということになります。一九七〇年代後半に「私は人とは違う、違っていてもいい」という形でスタートした新しいファッションは、「みんなと同じようになる」という流行のあり方を否定して、否定したまんま、「みんなと一緒じゃなければやばい」という形で一巡してしまいます。「自分のあり方」という思想的なものがファッションに含まれてしまった結果、一巡して復活した「流行」の中には、「じゃないとやばい」という厄介な要素も加わっているのです。

仲間はずれにされたら困るから、みんなそこそこに「個性的」になります。しかし、「多くの人が目立とうとすると、多くの人は〝目立とうとする多くの人の中の一人〟にしかなれない」という悲しい現実もあります。更に、日本人が豊かさを達成した後の二十世紀が終わる頃には、じわりじわりと「〝多くの人の中の一人〟になれないと、疎外感を初めとする種々の不幸を味わう」という状況がやって来ます。

「自分は〝みんな〟と同じになっているのか？」と思い、それと同時に「〝みんなと同じ〟じゃだめだしな──」と思って、「じゃ〝みんな〟の中に埋没した方がいいのか、悪いのか？」と思い、「そんなことを考えて〝みんな〟のあり方からはずれたらいやだな」と思って、なんだか分からなくなってしまうのです。

「分からない」という迷い方をしなくてすむのは、「面倒なことなんか分からない」と言ってしまえる人だけです。

アイドルは自己主張をしない

なんだかんだあって、二十世紀の終わり頃になると、若い女性や元若い女性はみんな、「そこそこにおしゃれで個性的」になってしまいます。でも、そこで一つ忘れられていることがあります。みんながそこそこ以上の「おしゃれ」になって、そこで重要なのは「なにを選んだか」のセレクションです。「それを選んだ」ということが重要で、選んだものが「似合う」ということはあまり問題にされません。選んだものが「似合わない」ということになると、「そのセレクションが間違っていた」ということにはならず、「似合わない自分が悪い。自分の方をなんとかしよう」になってしまいます。

「自分」があって、それを「個性的に表現する」ではなくて、「〝自分〟があろうとなかろうと、これを着れば個性的であれるはずだ」というのは、本末が転倒した「個性」のあり方です。

でも、「ファッションは知的な営み」ですから、「そこそこにおしゃれで個性的になった若い女性や元若い女性」は、みんな「そこそこに知的」で、言うのだったらみんな「めんどくさい理屈」を言います。

若い女性や元若い女性は「自分達はもう必要なだけ知的になった」と思うようになれたので、憧れるべき指標としての「知的な美人」を必要とはしません。

その一方で、男はあまり変わりません。男の多くは、めんどくさいことを言う「知的な女」が苦手で、「自己主張をする女」なんかは嫌いです。そういう男の事情と女の状況が一つになった結果、二十世紀が終わる頃には集団体制の新しいアイドル文化が誕生して確立され、その結果、「知的な美人」ははやらなくなったのだろうと、私は思うのです。

アイドルは自己主張をしません。可愛くて自己主張をしないという点で言えば、アイドルは飼われているペットと同じです。可愛いペットは、ちょっとぐらい拗《す》ねても不機嫌になっても「それも可愛い」と言われて許されてしまいます。すべてが許されているのに、自己主張なんかする必要はありません。必要があろうとなかろうと、出るものは出てしまいますから、自己主張が出てしまったら、もうアイドルから卒業です。アイドルはそのように、自己主張をしないのです。

「神のごとく崇める我がアイドルを〝ペット同然〟とは何事！」とお怒りの方もおいでかもしれませんが、「神」もまたやっぱり自己主張をしません。存在するだけで十分「君臨する」になっているからこその「神」で、人間は神の前で踊るだけです。

めんどくさい自己主張をする他人と付き合うのがいやになった男は、可愛くて自己主張もせず、存在するだけで「癒《いや》してくれる」になるアイドルにはまります。女だって、めんどくさいことを抜きにしてただ可愛くなっているだけでキャーキャー——というかギャーギャー言われるアイドルになりたいと思います。

アイドルに必要とされるのは「頑張る」ということで、知性なんかはいりません。それがあっても、へんにオープンになるとファンの男の人達を離れさせる原因にもなってしまうので、知性なんていう余分なものは隠した方がいいのです。しかもよく考えると、「可愛い」ということだってたいして必要ではありません。「可愛い子揃い」という評判の女子校に通っていれば、普通の女の子だって可愛く見えるというようなものです。

ステージの上で歌い踊って、アイドルであることを頑張ってやっている女の子達は、永遠に続く「青春」を体現していて、それが「なんだかもう似合わない」になったら「卒業」です。そこは、永遠に「卒業生」を送り出し続ける「青春の場」なのです。

かくしてアイドル文化は「大人にならなくていい文化」の一翼を担って、「若いままでいい」になり、「バカのままでもいい」になるのです。

そもそも「知性」はえらそうなものだった

話はようやくこの章の初めに戻りましたが、私が言いたいのは「アイドル文化はこうして定着した」ではなくて、「みんなが知的になると知性なんかどうでもよくなる」ということです。

それが果して「みんなが知的になった」の結果かどうかは分かりません。「知的になる」というのはそうそうむずかしいことではなく、「自分は知的である」と思い込めば「知的」になれてしまうようなものでもあるのです。つまり「知的とバカはほぼ同じ」で、「自己主張が強くなれば、〝自分は頭がよくて知性がある〟と思い込める」です。

悪い言い方をすれば、「みんながちょっとばかりえらそうになって、〝自分はもう頭がいいから知性なんていらない〟と思うようになった」です。そうだと思えば、矛盾なんかどこにもありません。

だから、知性がはやらなくなった最大の理由は、「それが数値化出来ないから」でも「そんなことを考えていると生存競争に負けるから」でもなく、「自分はもうそこに頭がいいから、知性なんかいらない」と思う人が増えてしまったからなのです。

知性はけっこうえらそうなもので、昔は「普通の人」とはあまり関係のないところにありました。だからこそ人に憧れられて、大衆化して、みんな「知的」になってしまったのです。

第三章　「知性」がえらそうだった時代

「知性」がえらそうだった時代

知性が「普通の人とは関係ないもの」と考えられて、だからこそ「えらそう」で通っていた時代がいつの頃かと言うと、明治時代から昭和の前半にかけてのことです。どうしてそんなことが言えるのかというと、「知性」というものが「大学とそこへ行く過程で身につけるもの」で、明治時代から昭和の前半までの日本人があまり大学に行かなかったし、行けなかったからです。

「知性を身につける」ということは、少数派の特権階級になることでもあって、「知性」はその初めから「えらそう」だったのです。

「知性」というと、どうしても西洋のものです。明治時代になって、そういうものが西洋から入って来ました。英語で言うと「intellect」で、訳すと「知性」とか「知識人」です。そういうものがそれ以前の日本にはなかったのかというと、日本人も人間の一種ですから、もちろんあります。でも、鎖国の時代の後の明治になって、日本が西洋諸国に比べて「遅れている」ということが分かってからは、「西洋の知識を取り入れてこその知性だ」ということになって、以前から日本にあるものは「封建時代に由来するマイナーなもの」になってしまいます。

重要なのは、西洋からやって来た「近代的知性」で、大学というのはそれを日本人が身につけるための高等教育機関で、「学歴があると就職に有利になる」などという考え方を普通の人がまだしなかったので、普通の人にとって「知性」というものは関係のないものだったのです。

川端康成の書いた『伊豆の踊子』の主人公は「一高の学生」ですが、「一高」すなわち旧制の第一高等学校――今の東大教養学部です。そこの学生ですから、『伊豆の踊子』の主人公は二十歳になったばかりの若造です。でも、旅に出た彼を迎える人達――茶店の婆さんや踊子の一行は、彼を「旦那様」と呼びます。二十歳の青年でも、近代的知性をマスターする高等学校に行っていることが分かればもう「旦那様」で、

「旦那様」と呼ばれる彼等は、将来が約束されているエリートであったのです。

旧制高校の学生のあり方を端的に語るものに『でかんしょ節』というのがあります。元は兵庫県の丹波《たんば》篠山《ささやま》方面の盆踊り唄で、「でかんしょ、でかんしょで半年暮らす、後の半年ァ寝て暮らす」という歌詞です。「なんだそれは？」と言いたいようなものですが、「でかんしょ」というのは、「デカルト、カント、ショーペンハウエル」を一緒にした略語で、元は「どっこいしょ」が訛《なま》ったとか「出稼ぎしよう」が縮んだというような歌詞だったのに、ヨーロッパの哲学者の名前をはめてしまったそうです。

酒を飲んで酔っ払った旧制高校の学生達はこの歌を大声で歌っていたわけですが、遠い西洋の難解な知識を学ぶ学生達の「やらなきゃいけないのは分かっているが、めんどくせェな」という気分は伝わって来ます。昔から学生というものは、この程度にえらそうでバカげたものだったのかもしれません。

重要なのは「知性」ではなく、知識の量だった

『でかんしょ節』を歌う学生達はなにかにうんざりしていたはずですが、彼等をうん

ざりさせていたものは、彼等が身につけなければならないと思わされていた「西洋の近代的知性」です。そういうものが彼等の中にすんなりと収まるものなら、あるいは収まっていたら、彼等は大声で『でかんしょ節』なんかを歌わなかったでしょう。「高歌《こうか》放吟《ほうぎん》」というのは、「はたの迷惑を考えず大声で歌い騒ぐ」を意味する、旧制高校生のあり方を象徴するような言葉ですが、元気に「高歌放吟」をして青春をしていた彼等は、一方で多大なストレスを抱えていました。だから、必要以上に大声を出さなければならなかったのでしょう。

彼等をうんざりさせてストレスになっていたものの一つがなにかと言えば、「なんだかよく分からなくて、身にしみるのかしみないのか分からない、西洋由来の知識」です。そのよく分からないものを口にすることが出来るのが彼等の誇りであり、それをマスターしなければならないのがストレスです。その知識の総体を「教養」と言います。

その「教養」を身につけなければえらくなれませんが、その「教養」を身につければえらくなれます。そのようになっていて、そのように信じられていたのが、人があまり大学へ行かなかった、明治から昭和の前半——昭和の三十年代くらいまでの期間で、必要なのは「知性」ではなくて、「教養」という知識の量でした。

もちろん、知識に「量」は必要です。知らないことより「知ってること」が多い方がいいに決まっています。でも、気の利いた人は、「知識だけじゃだめなんだ。知恵とか知性がなくちゃいけないんだ」なんていうことを力説したりもします。今になってもまだそんなことが言われるというのは、いかに長い間、日本の社会が「知識の量」ばかりを問題にしていたかということでもあります。

コピペは昔から当たり前にあった

「頭のよさは、知識の量の多さに比例する」と思い込んでいる人は今でもいますが、それは「西洋の知識を取り入れなければ遅れを取って負けてしまう」という、明治以来の日本近代の考え方のせいで、「グローバリズムの中に入り込まないと取り残されて、日本は進化の袋小路であるガラパゴス状態になる」と心配する現在にまで、まだ続いています。

ネット上の他人の文章をそのまま自分のレポートに流用してしまう「コピー&ペイ

スト」略してコピペは、してはいけないことになっていますが、私なんかは「え？　今はそうなってるんだ」としか思いません。

昔は、論文ならともかく、学生の提出するレポートとは、しかるべき本を読んで、それをそのまま書き写すことでした。「報告《レポート》」だからそれでいいんだと思われていました。

出来の悪い学生には、他人の書いた本のどこが重要なのかはよく分かりません。それで仕方がなく「ここら辺だな」と思われるところを全部書き写します。うっかり省略すると大事なところが抜けてしまうかもしれないと思うから、「全部」を書き写します。

その昔に出来の悪い高校生だった私は、そんなことをやらされて「死ぬほど退屈だ」と思い、「こんなレポートを読んだってなんの役にも立たないだろうが」と思いましたが、その昔に重要だったのは「まず知識を得ること」だったので、「私は知識を得るためにそのことが書いてある本を読みました。全部ではありませんが、多分、必要なところは〝ここだ〟と思ってそこだけは読んだので、そこのところを書き写して〝私はちゃんと勉強をしました〟ということをここに報告します」という報告《レポート》が重要だったのだろうと思ったのです。

知識を得てどうするのか？

知識を得ることは必要で、重要なことです。でも、知識を得ることは「目的」ではありません。最終目的は「知識を得てどうするか」です。

知識を得るのには、ある目的や理由があるのです。その目的がなくて知識をただ得るだけだったら、コピペで全然かまいません。そして、「日本は遅れているから西洋に学んで知識を得なければならない」で近代をスタートさせた日本は、「先進国のコピペ」で一向にかまわなかったのです。

でも、コピペにオリジナリティはありませんし、コピペをやっている限りオリジナリティは生まれません。知識を得られるだけで、その先の「どうするか」がありません。鎖国をやめて西洋化への道を開いた日本が求めたことは、西洋の下に立ってコピペだけですませることではありませんでした。コピペは知識を得るためにすることで、本当に必要なのは、その先にある「得た知識によってすぐれたオリジナリティを高める」です。

だから、あまり多くの人が大学に行かず行けなかった時代には、大学に行けた一部の人達に「多くの知識を必死になって得て、それで日本をなんとかする」ということが要請されたのです。

インターネットもコピー機もなく、必要な本でさえ簡単に手に入らない時代には、「本をそのまま書き写す」ということも必要でしたが、そんなめんどくさいことを積極的にする人が、「ああ、写した！　もう終わった！」ですませてしまうとは思われませんね。

多くの人が大学へ行くようになると

デカルトやカントやショーペンハウエルを読むことが、どのように「日本をなんとかする」につながったのかはよく分かりませんが、多くの人が大学に行かなかった時代には、「読まなければならないテキスト」の値打を疑う人はあまりいませんでした。そのテキストを読んでマスターすることが「社会でのしかるべき地位」を約束していたので、少しうんざりして『でかんしょ節』を歌いながらも、大学へ行く人達は「エリートになるための勉強」を続けていたのでしょう。

でも、昭和の三十年代が過ぎてあまりに多くの日本人が大学へ行くようになると、話が変わって来ます。つまり、団塊の世代の大量大学進学ですが。

多くの若者が大学へ行けるようになるということは、それだけ日本が豊かになったということで、もう高度成長の時代は始まっています。

「まだそんなに豊かではない」という時代に大学へ行くことは、「この日本をなんとかしなくちゃいけない」という使命感を持つ――そういうエリートになることでもありますが、「そんなに豊かではない社会」が「豊かになりつつある社会」に変わると、大学に行くことの意味も変わります。普通の人間と大学との距離が縮まって、「大学へ行けばそこそこ以上のいい地位を得られる」になり、「行かなければある程度以上の地位は得られない」になって、大学へ行くことは、「使命感」とは違う「社会でのポジションを得るためのパスポート取得」に変わるのです。

大学へ行くことは、「意味がある」ではなくて「メリットがある」になります。だから、大学に入るための受験勉強をみんな一生懸命やるのですが、大学入試に合格するとしばらくしてあることに気づくようになります。それは、大学で意味を持つのは、「大学に入ること」ではなくて、「大学を出ること」だということです。

大学に入るのは「大学卒」という資格を得るためで、極端なことを言ってしまえば、大学に入れば、その後は卒業までなにもすることはないのです。

激しい受験競争を勝ち抜いて大学に入ったら、「なにもすることがない」という虚脱状態が待っています。その頃に登場する「五月病」という言葉は、そこら辺の気分を表した言葉ですが、なにもすることがなかったら、遊んでいればいいのです。だから、高度成長が本調子になった昭和五十年代になると、大学は遊園地同然の場所になります。

そうなったらそうなったで仕方がありませんが、しかし大学は長い間「学問の場」でした。「学問の場」で「知性の府」であるようなところは、そう簡単に遊園地にはなれません。「学問の場」が「遊園地」になるには、ある変化が必要でした。

大学に「革命」は起こらなかったが、大学は変わった

昭和四十年代の前半——一九六〇年代の後半ですが、日本には「学生運動の嵐」が吹き荒れました。「それはなんだったのか?」はいろいろに言われています。でも、「それはなぜ起こったのか」なら簡単に説明出来ます。あまりにも多くの学生達が、自分達の入った大学での生活を「つまらない!」と思ったからです。だから、大学闘争の中に「大学解体」というスローガンが生まれてしまいました。

どうすれば大学や大学生活がよくなるかは分からない。大学当局者達は、学生達の欲求不満を理解しない。「だったら大学そのものを解体してしまえ!」です。

でも、大学は解体なんかしませんでした。いくつかの大学で入学試験が実施出来なくなって、「入試中止」という事態は起こりましたが、大学そのものは健在でした。どうして平気だったのかと言うと、大学に入って「大学がつまらない!」と言った学生達が、その内に卒業して大学からいなくなってしまったからです。後はもう大学が遊園地化への道を辿《たど》るだけです。

「その後の大学」と「それまでの大学」はガラッと違って、大学が「学問の場」であったり「知性の府」だったことはあっさりと忘れられてしまいます。「大学に入ったら遊べる」で、「大学を卒業したらそんなに遊べなくなるから、学生の間に遊んでおく」というのが一般的になってしまうのです。それがやがて、「大学を卒業しても遊んでいる」になってしまっても、不思議ではありません。

こうして「教養」はなくなる

昭和四十年代前半に学生運動が爆発した理由の一つは、大学合格までの受験勉強が酷烈だったからです。

戦後すぐの時期に「ベビーブーム」と言われるような形で生まれた団塊の世代は、その数がとても多く、平和になった日本の親達は、自分の子供を「いい学校」に入れようとしました。「大学へ行く」ということを当然とされ当然とした子供達は、早い時期からプレッシャーの嵐です。

その圧を乗り越えてやって来た大学は、まだ「遊園地」ではありません。「知性の府」で「学問の場」です。大学へやって来た学生達は勉強することに慣れていましたが、その学生達が学ぶのは「一般教養」と言われるものでした。

第二次世界大戦後に日本の教育制度は変わって、大学も四年制の「新制大学」と言われるものに変わります。今の大学は全部「新制大学」です。新制大学には「教養課程」というカリキュラムが設定されて、大学に入った学生達は「一般教養」と言われるものをまず学ばされます。

旧制の大学が「新制大学」に変わっただけではなく、かつては「専門学校」として存在していたものが、新しく「大学」に格上げされたのですが、新制大学四年間の前半は、かつて「旧制高校」と言われた期間に当たります。それでというわけではありませんが、学校制度が変わって看板を掛け替えるようにして新しい大学が各地に生まれた時、どこかで誰かが「新制の大学に来るような奴らはどうせろくに物を知らないだろうから、〝教養〟を身につけさせるところから始めにゃならん」と思ったのかもしれません。

それまでのところ、「教養」というものは大学に入る前の高校段階で身につけたものでしたが、学校制度が変わって、以前の中学校が新しく「高校」と呼ばれ、「高等小学校」と言われたものが新しく「中学校」になってしまうと、そうそう「高校で教養を身につける」も出来にくくなったのかもしれません。なにしろ「上の学校」へ行くのが大変で、受験勉強以外の「余分な勉強」をしている余裕がありません。「教養課程」というものが出来て一般教養と言われるものを大学生が学ぶようになると、かつては「特権階級のアイテム」のようだった「教養」は、学生達の間で「一般的なもの」になります。そういう時代が二十年も三十年も続いて、しかし大学が「学問の場」から遊園地へと変わってしまった後では、この「一般教養」を学ぶカリキュラムがなくなってしまいます。なくなった理由は、「おもしろくもないし、なんの役にも立たないから」です。

それを遊園地化した大学に来ている学生が言うのなら分かりますが、大学を管轄《かんかつ》する文部科学省（旧文部省）の方でも言って、「役に立たない一般教養なんか教えるのをやめて、役に立つ〝実学〟を教えるように」という方向転換を大学にさせたのです。そういうものをなくした後で、大学の先生達は「今の学生達には教養がない」と嘆くようになるのですが、それは別に大学の教養課程をなくした結果ではないはずです。そもそも「教養」というものは、大学へ入る前の段階で身につけておくもので、大学へ入る人間はその段階でもう「教養」を身につけているのが基本でした（私は違いましたが）。だから、遠い明治の初めには、高校が「大学予備門」と言われていました。どの高校かというと、旧一高、のちの東大教養学部です。そこは「大学に入るための勉強」を教えるところではなくて、「大学に入ってから恥ずかしくない勉強」を教えるところだったのです。

そういう前提を抜きにして、受験勉強だけで大学に入って来た学生達に、「さァ、教養を身につけましょう」なんてことを言っても無理です。「なんでこんなことやんなきゃいけないの？　退屈だし、なんの役に立つの？」です。それで「教養」というものはなくなってしまったのです。

「教養」ってなんなんだ？

今やなくなってしまった大学の「一般教養」というのがなんだったのかを説明するのは簡単です。大学というのは専門教育を受けて専門的知識を得るところなので、そうなって「専門バカ」のような歪《ゆが》み方をしないように、あらかじめ他分野の一般的知識を身につけておくというのが、大学での「一般教養」です。

こう言われて「あ、そうなんだ」と言う人ならなんの問題もありません。その人達は「大学へ入ってなんの勉強をするか」という目的がはっきりしている人達なのです。でも、そういう人達ばかりが大学に来るわけではありません。「学部なんかどこでもよくて、大学に入れさえすれば専門なんかどうでもいい」という人はいくらでもいます。こういう人にいてもらわなければ、大学だって遊園地化することは出来ません。「どこの学部に行きたいわけでも、どこの大学に行きたいわけでもない。そもそも大学に行きたいのかどうかもよく分からない」という人間だって大学に行きます。他でもない、昔の私がそうだったので人の悪口は言えませんが、そういう人間は当然のことながら、「大学に入って必要になる教養」などというものをまったく持ち合わせていませんし、「教養を身につけたい」とも思っていません。ただ入学試験に通っただけで大学に行っているのですから、大学がおもしろいはずはありません。

「教養」というのは表向き、「社会人に必要とされる広い文化的な知識」で、昔懐しい「人格形成」を助けるものです。だから「教養小説」と言われたものは、別名「成長小説」とも言って、「さまざまな体験によって主人公が成長し自己を形成して行くプロセスを描く小説」なのです。

「教養小説」も「成長小説」も、どちらも明治になって日本に入って来たドイツ語の「ビルドゥングス小説《ロマン》」の訳語ですから、「教養」と「成長」は同じで、ゲーテなんかの書いた「若者が苦悩する小説」が「読まれて当然の本」になったということは、それまでの日本に「若者が成長して行く過程を書いた小説」がなかったということでもあります。

「教養」とは、「成長して行く人間の人格形成を助けるための知識」であったりはするのですが、しかしそれは表向きで、明治時代以来の日本の学問の中心にあるのは「まず知識を得る」です。だから「教養」だって、「これだけ覚えておけば一人前の社会人として安心」というような、自己啓発のノウハウ本の一ジャンルになったりもするのです。

夏目漱石の書く「教養」

二十世紀の初めの明治時代に書かれた夏目漱石の『坊っちゃん』には、こんな一節があります。「坊っちゃん」が数学教師になって赴任して行った四国の松山で、教頭の「赤シャツ」と画学教師の「野だいこ」に誘われ、小舟に乗って沖で釣りをするシーンです。瀬戸内の海はおだやかで、小舟の上で「赤シャツ」と「野だいこ」は、そこから見える景色をほめています。

《赤シャツは、しきりに眺望《ちょうぼう》していい景色だと言っている。野だは絶景でげすと言ってる。絶景だかなんだか知らないが、いい心持ちには相違ない。ひろびろとした海の上で、潮風に吹かれるのは薬だと思った。いやに腹が減る。「あの松を見たまえ、幹がまっすぐで、上が傘のように開いてターナーの画にありそうだね」と赤シャツが野だに言うと、野だは「まったくターナーですね。どうもあの曲がりぐあいったらありませんね。ターナーそっくりですよ」と心得顔である。ターナーとはなんのことだか知らないが、聞かないでも困らないことだから黙っていた。》（夏目漱石『坊っちゃん』五）

ターナーはイギリスの画家で、もっと言えば「イギリスを代表するような有名な画家」です。でも、二十世紀初めの普通の日本人はターナーのことなんか知りません。だから《ターナーとはなんのことだか知らないが、聞かないでも困らないことだから黙っていた》と言う「坊っちゃん」は、「当時の普通の日本人」の代表で、その「坊っちゃん」の前で珍妙なターナー論を繰り広げている二人は、ちょっとおかしいのです。

「野だ」と呼ばれてはいますが、「野だいこ」というのは、「太鼓持ちの真似をしたがるシロート」とか「芸のない三流の自称太鼓持ち」のことです。「太鼓持ち」というのは、座敷に呼ばれ芸を見せるプロの芸人で、ただ客をよいしょするだけのものではありません。でも画学教師の野だいこは、《絶景でげす》というような特殊な言葉遣いをして、上司である赤シャツをよいしょしているだけなのです。

野だいこは、なんだって人をよいしょして喜んでいるのでしょうか？　赤シャツが上司だからということもありますが、《げす》という語尾を使う野だいこは、「私も江戸時代以来の別種の教養がありますよ」というひけらかし方をしているのです。江戸時代には「通人《つうじん》」という人達がいて、遊廓とか芸者遊びのことに詳しいんですね。「通じている」から通人で、当人はともかく、ハタから見ると「ヘラヘラしたへんな人」で、「――でげすな」という話し方をしていました。だから、坊っちゃんは画学教師の彼を「野だいこ」の「野だ」と言っていますが、野だいこ本人は、「私は江戸時代的な教養を持つ通人だ」と思っているだけなのかもしれません。「見たまえターナーだ」と言って、「まったくターナーですね」と答えている赤シャツと野だいこは、当時当たり前に存在していた「西洋的教養人」と「江戸時代的教養人」なのです。

小舟から見た無人の小島に生えている松は、本当に「ターナーの絵に出て来そうな松」なのかもしれません。ターナーの絵には赤シャツの言うような「幹がまっすぐで上に傘を開いたように葉をつけた枝が広がっている松」がよく描かれています。カラー写真もカラー印刷もない二十世紀初めの明治に、赤シャツは白黒の写真図版の「ぼやけたターナー」を見たのでしょう。

赤シャツの言うのは「西洋の松」なのですが、どうやら野だいこはそれを知りません。

普段から和服で扇子をパチパチ鳴らしている、どうやら東京生まれらしい「通人的教養」を誇る野だいこは、同じ小島の松を見て、《あの曲がりぐあいったらありませんね》と言います。野だいこにとっての「松」は、「幹が曲がりくねっているところがいい」と思われる、伝統的な「日本画の松」なのです。

どうやら画学教師の野だいこは、「ターナー」という固有名詞を知ってはいても、「ターナーの絵」をよく知りません。だから夏目漱石は《ターナーそっくりですよ》と言う野だいこのことを《心得顔》と言います。つまりは「知ったかぶり」です。

「松の幹は曲がっているもの」と思う野だいこに対して、赤シャツは「バカなことを言うな」などと否定はしません。二人は似たようなものなので、野だいこに《これからあの島をターナー島と名づけようじゃありませんか》と言わせ、《そいつは面白い、吾々はこれからそう言おう》と、赤シャツに納得をさせてしまいます。「《吾々》はエリートなので、その小島を《ターナー島》と呼ぶ独占的な権利がある」です。

夏目漱石にとって、当時の人の「教養」とはそういうものだったのです。

なぜ「教養」はえらいのか

夏目漱石は、当時の「教養」を振り回す人間達をバカにしています。だから引用部分の後になりますが、「吾々はあの島をターナー島と言おう」と言っている野だいこと赤シャツの横で、《この吾々のうちにおれもはいってるなら迷惑だ》と坊っちゃんに言わせています。

赤シャツや野だいこと坊っちゃんの間には、明らかに壁があります。だから坊っちゃんは初めから《ターナーとはなんのことだか知らないが、聞かないでも困らないことだから黙っていた》と、距離を置いています。赤シャツと野だいこは「教養」を振り回す人間で、坊っちゃんは「そんなものは知らん」の人です。その差はどうして生まれるのでしょうか？

数学教師でありながら、坊っちゃんは大学を出ていません。坊っちゃんが卒業した学校は、教育制度の変わった第二次世界大戦後に「新制の大学」へと昇格した、明治の時には「専門学校」の一つだった「物理学校」という学校です。当時はそこを卒業して、教師の資格が取れたのです。

これに対して教頭の赤シャツは「大学出」で、この「大学」は「帝国大学」という特別な学校です。赤シャツは「文学士」という資格を持っていて、だからこそ夏目漱石は坊っちゃんに《文学士といえば大学の卒業生だからえらい人なんだろう》（『坊っちゃん』二）と言わせています。今では大学を出れば自動的に「学士号」をもらえることになっていて、誰も「学士号を持っている」なんてことを自慢はしませんし、

「そんなものはたいしたものじゃないだろう」と思っていますが、夏目漱石の時代に学士号を持っている人は《えらい人》だったのです。

「かつて教養は、大学に入る前の段階で身につけておくものだった」と言いました。だから旧制高校の生徒は『でかんしょ節』を歌ったのですが、「教養」がそういうものだったからこそ、大学に行かなくても、行けなくても、「大学に行くつもりのあった人」には「教養」があったのです。

ところが坊っちゃんは、《学問は生来《しょうらい》どれもこれも好きではない。ことに語学とか文学とかいうものは真平御免《まっぴらごめん》だ》（『坊っちゃん』一）という人です。そういう人の入った物理学校は、「生徒募集の広告が貼ってあって、規則書をもらうとすぐに入学手続きの出来る学校」でした。入学試験なんかもなくて、その学校に入って卒業した、「教養」的なものが嫌いな坊っちゃんには、当然のことながら「教養」なんかありません。そんな自分に引け目を感じることだってまったくありません。それで当時の「教養」は大学につながっていて、「えらい人」に必須のものでした。

人は、まず「大学出」というえらさに平伏し、その人の持つ「教養」に「へー」と感心していたのです――それを聞かされて分かろうと分かるまいと。

もしも坊っちゃんが小舟の上で「ターナーってなんですか？」なんてことを言ったら、大変なことになります。上から下までジロリと見られて、「信じられないものを見た」という顔をされて、「君は知らんのか？」と露骨にバカにされたでしょう。それが出来るのは、赤シャツが「教養のある人」だからではなくて、大学を卒業した「えらい人」だからです。

大学を卒業した「えらい人」は、「教養」を共有出来る《吾々》という閉鎖的なサークルを作ってしまいます。「えらい人」にバカにされるのはしんどいことなので、野だいこは赤シャツに調子を合わせて《吾々》のメンバーにしてもらい、坊っちゃんは《この吾々のうちにおれもはいってるなら迷惑だ》とそっぽを向くのです。

「教養」をバカにする夏目漱石

『坊っちゃん』を書く夏目漱石は、赤シャツと同じ「大学出の文学士」です。立場で言うなら、「教養」のない坊っちゃんをバカに出来る立場で、更に言うなら、イギリスへ留学して本物のターナーの絵を見ている夏目漱石は、赤シャツさえもバカに出来ます。でも、夏目漱石がバカにするのは、坊っちゃんではなくて赤シャツの方だけです。

もしかしたら夏目漱石は、「赤シャツが薄っぺらな奴だからバカにした」と思われるかもしれませんが、でも違います。夏目漱石は「教養を身につけた人間全般がバカだ」と思っています。だから、『坊っちゃん』を書くのと並行して、登場人物のすべてが「猫」によってバカにされる『吾輩は猫である』を書いているのです。

夏目漱石自身をモデルとする苦沙弥《くしゃみ》先生以下、『吾輩は猫である』に登場する人間達のほとんどは、「いつの間にか身につけたしょうもない教養を振り回すことになってしまった人達」です。

『吾輩は猫である』に出て来る「教養」の量は、「ターナー」の比ではありません。「笑えるユーモア小説」だと思って『吾輩は猫である』を手に取ってみると、やたらの数の聞いたことのないような外国人の固有名詞が飛び出して来て、「なに言ってるのか分からない」状態になってしまいます。

それは二十世紀初めの明治時代に「教養」を構成していた人達の名前で、そういう固有名詞を口にする登場人物を、語り手の「猫」は坊っちゃん以上の冷ややかさでぼんやりと聞いています。「そんな固有名詞を連発することになんの意味があるんだ」と思って、作者の夏目漱石は書いているのですが、その当時には「作者がからかっている」ということがよく分かったものが、今ではほとんど註釈なしでは分からない「難解」になっています。バカにするよりもなによりも、もうその「教養」自体が無意味になってしまっているのですから、これ以上の皮肉はないようなものです。

夏目漱石は明らかに「教養」をバカにしています。どうしてバカにしているのかと言えば、「西洋的な教養なんかなんの役にも立たない」と夏目漱石が思っているからです。

イギリスに留学した夏目漱石は、大日本帝国から期待された英文学者でもあったのですが、「英語や英文学を学ぶことが、日本人である自分にとってなんの意味があるのだろう?」と思うところまで行ってしまった人です。

夏目漱石にとって、「なんの役に立つのか分からない知識の量だけを増やすことには、なんの意味もない」であったはずで、だからこそ一匹の猫が「バカだねェ」と思いながら「教養を身につけてしまった人間達」を眺めている『吾輩は猫である』を書いてしまうのです。

「教養」というのは、「文化に関する知識」です。別にむずかしいことはありません。「知識」は、ないよりもあるにこしたことはないものですが、問題は「その知識を集めてなにをするか」です。

目的がないままに「知識」だけを集めても、人にひけらかして自慢する以外に使い道はありません。それを言って、「なるほど」と人に納得してもらえれば意味もありますが、ただ「へー」という言葉が返って来るだけだったら、ただの「ひけらかし」です。

他人と知識が共有出来るのは嬉しいことですが、その知識がまともな人間から《聞かないでも困らないことだから黙っていた》とシカトされてしまうのは、いささか以上に哀しいことでしょう。

坊っちゃんになるか、赤シャツになるか、野だいこになるか

知識を身につける目的がなにかと言えば、それは自分を育てることです。「なるほど、分かった」で吸収される知識は人を成長させますが、それが身に沁《し》みない知識だと、《聞かないでも困らないことだから黙っていた》になります。

それは、「一生自分には関係ない」と思えるようなものなのか、それとも「今の自分には関係ない」と思えるだけのものなのかという違いはありますが、「自分には必要だ」と思える知識は、「身に沁みる」という形で体感的に判断出来るものです。

知識の多くは、よく考えると「身には沁みたんだけれど、それが今の自分とどう関係あるのかが分からない」というようなものです。だから、気の利いた子供なら「なんで勉強しなくちゃいけないの？」という疑問を持ったりしますが、それは知識の多くが「未来で必要になる（はずの）知識」で、知識が「成長と関係を持つもの」だからです。

とは言っても、「勉強なんか身に沁みない」「身に沁みなかった」という人はいくらでもいるでしょう。基礎学力というのは、知識を得るための初期設定のようなもので、これをマスターしておかないとその先で困りますから、その段階では「身に沁みる」もへったくれもありません。ところがそうやって初期設定を終えて新しい知識が身につくようになっても、そこに登場する新しい知識が身に沁みるかどうかは分かりません。だから、自分にとって「身に沁みないこと」をマスターしろと言われて、勉強そのものがいやになってしまうことだってあるのです。「勉強なんか身に沁みない」は、こういう状態です。

どうしてそうなるのかと言うと、つまりは「勉強が身に沁みなくなったから」で、どうすればその状態が克服出来るのかと言うと、それはただ一つ「〝勉強が身に沁みない〟などということを考えない」だけです。

日本の教育は、「それが生徒の身に沁みるかどうか」を考えません。だから、日本には「独創性を育てる教育」がないのです。「身に沁みない知識」ばかりをマスターさせられ、塾や予備校でその知識をマスターするコツを学んでいるだけでは、独創性なんかが育つはずはありません。

身に沁みない知識を《聞かないでも困らないことだから》とスルーさせれば「坊っちゃん」になります。身に沁みるか沁みないかを問題にせず、ただ「知識」だけを拾い集めて《えらい人》になってしまうと、「見たまえ、あの松はターナーだ」の「赤シャツ」になります。知識が身に沁みるかどうかなんかをまったく考えず、えらい人にくっついてよいしょをするイエスマンの道を選べば、「野だいこ」になります。

そういう三択が、二十世紀初めの日本にもうあったのです。

「知識を身につける」と「知識が身に沁みる」

昔、結婚前の若い女性は「花嫁修業」として、「お茶やお花」を習っていたりしました。それが結婚後の生活でどのように役立っていたのかは知りませんが、「お茶やお花をやっている」ということは、「結婚後どう役に立つか」の以前に、その彼女達が「育ちのいいお嬢さん」であることをアピールするための役に立ったのです。

「教養」もそれと同じです。「教養」を身につけておけば「えらい人」になれるか、「えらい人」のようには見えます。それが「教養」というものが生きていた時代ですが、そうなってしまった時、「教養」というのは「人の成長に必要な知識の体系」であることをやめてしまいます。それはただ「学んで身につけておくもの」になってしまうのです。

「教養」が「人の成長に必要な知識の体系」として生きていた時代に、知識は「身に沁みるもの」でなければなりませんでした。たとえて言えば、知識は「食べ物」で、「成長に必要なものを食べてその栄養を摂取する」が、「知識が身に沁みる」です。一方、「知識を身につける」はその言葉通り、知識を「食べ物」ではなく「着る物」として位置付けています。だから、それを身につけると「えらい人」のように見えるのです。

気に入ったTシャツを買って、着ます。飽きたら脱いで、でも気に入っているのでしまっておきます。また新しいTシャツを買って、着て、飽きて、しまっておきます。いつの間にかTシャツの数ばかり増えて、コレクションのようになって、そうなった時、「Tシャツの数の多さ」は自慢出来ても、自分がどんなTシャツを持っているのかは分からなくなります。「知識の量を自慢する」というのは、こんなものです。「教養」が「知っていれば威張れるが、知らなければバカにされるようなもの」になってしまえば、「教養となる知識」の数を多く集めた方が勝ちです。「数」だけは自慢出来て、でもそれを自慢する人の「中身」がどうかは分かりません。

前章の最後の方で、「みんなそこそこにおしゃれになって、なにを選ぶかが重要になって、その結果いつの間にか〝似合うか似合わないか〟は問題にされなくなった」

と言いましたが、そのこととここで言う「中身」は同じことです。

　知識の量だけを多く持っている人にとって、「自分」とは「これだけ多くの自慢出来る量の知識を持っている者」ですから、「でも、その人の中身は――」などと言われても、なにを問題にされているのかは分かりません。クローゼットの戸を開けて自慢のTシャツコレクションを見せる人にとっての「自分」とは、そのクローゼットの中にあるものが「自分」なので、それ以上に「自分のあり方」とか「自分なるもの」を問われても、答えようがないのです。

　それが「知識を身につける」で、身につけた知識を活用しないままでいるのは、その知識が「身に沁みていないもの」だからです。

「分かりません」と言えますか？

　今や「教養ある人」というのは絶滅危惧種のようなものですから、もう一度「教養」というのはどういうものか、「教養ある人」がどういう人かを説明しておかないと、よく分からないかもしれません。

「教養」というのは「学んで身につけるもの」ですから、その知識が「身に沁みるかどうか」なんてことを考えずに、黙っておとなしくこれを引き受けなければなりません。その点で、「教養ある人」は真面目な人です。

真面目な人は、知識を身につけることに疑問なんかを持ちません。そんなものを持ってしまうと、黙っておとなしく呑み込めるはずのものが呑み込めなくなります。だから、「教養ある人」はあまり疑問を持ちませんし、「分からない」という考え方もあまりしません。「なんでも分かるから〝分からない〟ということがない」のではなくて、「〝分からない〟と認めることが自分の敗北につながる」と思っているから、「分からない」ということを認めないのです。

学校の授業で、先生が「今までのところで分からないことがある人、なにか質問のある人は？」と言っても、それで素直に「はい」と手を挙げる生徒はそんなにいません。手を挙げるのは、先生のミスをチェックして「先生、あそこのところはいいんですか？」と言ったり、「今までのところ」というのを無視して「教えた範囲外のところ」を質問する、勉強の出来る子がほとんどです。

なぜそうなるのかと言えば、「自分は教えられたことが分からないでいる」ということを表明するのが、恥ずかしいことだと思われているからです。「分からないところはあるか?」と聞かれているのに、「〝分からない〟と言ったらバカだと思われるんじゃないか」と考えて、手が挙がらないのです。

これが「分からないところ」抜きの「なにか質問は?」になると、ますます手は挙がらなくなります。

「私の言ったことでなにか分からないことがあるか?　なにか説明不足のことはあったか?」と言う方は言っているのに、「質問というのは、言われたことを理解した人間がするものだ」と思い込んでいるから手が挙がらないのですが、「言われたことを理解した人間がなにかを言う」は、「質問をする」ではなくて、「意見を言う」です。

「意見を言う」と「質問する」は違うのです。

「教養」がマイナーなものになって、大学で「一般教養」を教えることをやめても、「分からないなどと言わずにおとなしく知識を呑み込め」という時代の学習スタイルはまだ健在なので、そういうことになるのです。

「なにが分からないのか」を人に説明するのはむずかしい

実は、「自分はなにが分からないのか、言われたことのどこが分からないのか」を説明するのはむずかしいことです。だから、「なにか分からないところがありますか?」と聞かれて「あるな」と思っても、「自分はどこがどう分からないんだろう?」と考えるとよく分からないので、手を挙げるのをやめてしまったりするのです。質問というのは、相手の言うことをよく聞いていなければ出来ません。会議の席でペーパーを回されて、「この件でなにかご質問は?」と言われる時でも同じです。質問をするために必要なのは、理解力と判断力で、記憶力ではありません。

「どこがどう分からないのはよく分からないけど、なんかよく分からない」と思ったら、「自分はなにに引っかかってるのか?」を考えればよいのです。「なにが分からないのか」はモヤモヤとしていることなので、すぐには正体を現しません。だからまず「なにか引っかかるものがある」と考えるのです。それを可能にするものをむずかしい言葉で言うと、「理解力」と「判断力」になります。

「自分はなにかに引っかかってる」と思ったら、「それはどこだ？」と考えて、頭の中を反芻《はんすう》したり、目の前に置かれているペーパーの文章を目で追います。

「分からなきゃいけないこと」と思い込んで理解するのと、「なにかが分かんないんだけど」と思って考え直すのでは、自分へのプレッシャー度が違います。「分からなきゃいけない」と思って理解しようとすると、分からないのは「自分の責任」です。でも、「なんかへんだな？」で考え直すのは、「自分のせい」ではなくて「相手のせい」です。「あいつがわけの分かんないことを言うから、こっちはわけが分かんないんだ」と思って相手の言うことをフォローするのは、相手のボロを探すことなので、探究心は働きやすいのです。

だから、会議の席にいる一番エライ人は、いたってあっさりと「なんだかよく分からんな」と言ってしまいます。エラクなった人は、「分からないのは自分の責任」なんていう考え方をしなくなるからです。

そんなにえらくないあなたは、「なんかここら辺が分かりにくくて引っかかるな」と思ったら、「質問があります」と言って、相手の言った引っかかること、目の前のペーパーに書いてある引っかかる部分を、自分の口で繰り返します。うろ覚えでもかまいません。うろ覚えならうろ覚えなりに「こんなことを言ってたけど――」と思えるようなことを口に出します。

口に出してどうするのかというと、しばらく待ちます。そうすると、「あ、こういう風に分からなかったんだ」という理解が生まれて来ます。それが訪れるのは授業や会議が終わった後になるかもしれませんが、それはそれで仕方がありません。「自分はこういう風に分からなかったのか」という理解が訪れたんだから、喜べばいいのです。

どうしてそれで「自分はなにが分からなかったのか」ということが分かるのかというと、「えっと、あのォ――」と言いながら、自分が引っかかりを感じたところを自分なりに整理してしまったからです。ただ「もやもやしている」だけだったものを整理してしまったのですから、「自分はどう分からなかったのか」が分かるようになるのは、当然のことです。

エライ人は分かりやすい説明をしない

「自分がなにをどう分からなかったのかが分かって、なんのトクがあるんだ？」とお思いかもしれませんが、「分かったんだか分かんないんだかよく分からない」でモヤモヤしているよりはましです。そして、これは会社で上司になにかを言われた時に有効なのですが、「なにが分からないのか分かった」という状態になると、「分からないことをもっとはっきり教えなさいよ」ということを、相手にこっそり言えるようになります。

巷《ちまた》にゴロゴロ転がっている人の中で「教養ある人」に一番近いのは、会社の上司です。会社の上司というものは、部下に対して「私は君より会社のこと、仕事のことはよく知っている」という態度で臨むものです。これは「自分の教養を自慢する人」と同じあり方です。「私は君より知っている」という優位性をなくしてしまうと、その上司は「不安を抱えた上司」になってしまいます。

上司というものはそういうものですから、時折「よく分からない命令」をします。なにしろ「自分は知っている」ですから、当然「自分はちゃんと説明出来ている」と思って、「それが分からないのは、部下である君がバカだからだ」という形でバランスを取ります。

余分な話ですが——と言って、私は余分な話ばかりをしているのですが——「勉強の出来る人」は、普通「勉強の出来る人の間で通用する特別な用語」を使って会話をしています。「頭がいいからむずかしいことばかり言っている」と思われる人は、実は「むずかしいこと」を言っているのではなくて、「むずかしい用語」ばかりを使っている人で、だから「むずかしく聞こえる」のです。「そんなに勉強出来ない」レベル以下の人達には「勉強の出来る人」の言うことがよく分かりません。と同時に、「勉強の出来る人」も、「特別な用語」が通じない人に説明をするのが苦手です。「特別な用語」を使うことによって「分かった」と思っているから、「その用語を説明して下さい」と言われると、困ってしまうのです。

普段は「特別な用語」を使って簡単に説明出来ることでも、それを知らない人相手だと、「特別な用語」ではなくて「普通の言葉」を使って説明しなければなりません。でも、「勉強の出来る人」は「勉強の出来ない人の頭のレベル」がよく分からないので、そのレベルに見合った説明が出来ているのかいないのかが、自分でも分からなくなってしまうのです。

だから、「自分の出来る範囲の説明」をして、それでもまだ分からないと「バカ相手に説明したくない」と投げ出してしまったりもします。「分からないと言ったらバカだと思われるんじゃないか」という心配をしてしまうのも、そういう事情がありますから、決して「根拠のない無駄な心配」ではないのです。

ここまでが「余分な話」で、そういうわけで、「自分はちゃんと説明している」と思っている上司の説明が「ちゃんとした説明」になっているかどうかは怪しいのです。

一度「負け」を認めてしまう

というわけで、上司から「なに言ってんのこの人は？」というようなことを命令された場合には、必ず相手の言ったことを繰り返して確認を取りましょう。「復唱は業務伝達の基本」でありますが、それをやると「あなたは結構いい加減なことを言ってませんか？」と念押しをすることが出来ます。

私は以前に『上司は思いつきでものを言う』という本を書いたことがありますが、それは結構売れたので、私は「やっぱり多くの人が〝上司は思いつきでものを言う〟と思っているんだな」と理解しました。なにしろ、「中味なんかどうでもいい。こういうタイトルの本を本屋に置いてやれ」と思っただけの本ですから。

上司というものは思いつきでものを言う人達ですから、上司の命令がいい加減であっても全然不思議ではありませんし、その命令の通りにしてこけた時に責任を取らされるのは、他でもない部下のあなたですから、上司に対して、「あなた、自分がなにを言ってるか分かってるんですか？」という確認を取っておくことは必要です。

だから、ちょっと引っかかることを命令されたら、相手の言うことを繰り返すべきです。繰り返して、それでも相手が平然としていたら、あなたは続けて、「だったら私は、こういうことをすればいいんですね？」と、その命令に沿って自分がするべきことを口にして、確認を取りましょう。それがよく分からなかったら、「で、私はなにをすればいいんですか？」と聞いてしまいましょう。

思いつきでものを言う上司は「お前はバカか？」という顔をするかもしれませんが、そんなことは知ったこっちゃありません。とりあえず上司から「自分はなにをするべきか？」を聞き出しましょう。「そんなもん自分で考えろ」と言われたら、やっぱり「私はこういうことをすればいいんですね？」という確認を取りましょう。そうすれば、「そんなことをやればこんなにへんなことになる。あなたのプロジェクトはいい加減じゃないんですか？」という鉾先《ほこさき》を、それとなく相手に向けて、「考え直して下さいよ」という方向に持って行くことも出来るはずです。

それが「分からないことを質問する」の効用で、「自分はなにが分からないか」をはっきりさせることの意味でもあります。

「"分からない"と言ったらバカだと思われるかもしれない」という危惧《きぐ》はあるにしろ、「とりあえず、相手に対して自分はバカだ」という負け方をしてしまった方が、トクではあろうと思います。少なくとも、「自分はバカかもしれないと思って腰を低くしてるのに、その相手を本気でバカにしているこの人は、たいした人じゃないな」ということだけは分かります。

お忘れかもしれませんが、知性は「負けない力」です。「負けない力」を本気で発動させるためには、「負ける」ということを経験した方がいいのです。負けることをバカにする人に、ろくな知性は宿りません。

「教養」は体制順応型人間を作る

もう一つ、今や忘れられかけた「教養」の持つ欠点を挙げておきます。こんな欠点があるから、「教養」ははやらなくなってしまったのです。

かつての「教養」の最大の欠点は、「教養の範囲」を決めてしまったことです。つまり、「これは教養にカウントされるが、それは下らないから教養には入れない」という線引きがあったということです。

たとえばの話がマンガです。今や大学に「マンガのことを教える学部や学科」があります。別に珍しいことじゃありませんし、「趣味は読書」と言って、「読むのはマンガ」というのも珍しくありません。

でもその昔――というか、私の子供の頃には、マンガを読むことは「読書」の内に入りませんでした。その理由は、マンガが「下らないもの」と考えられていたからです。

「教養」は、「教養あるよき市民」になるために身につけるものでした。帝国大学だけが「大学」だった時代が終わり、「新制大学」というものがいくつも出来て、「大学へ行く」ということがそれほど特殊ではなくなった戦後の時期にはそうでした。

かつては《えらい人》になるために行った大学も、「よき市民になるために行くところ」に変わり、「教養」も「知性あるよき市民が身につけておくべき常識」のようなものに変わりました。

それでその人の身に知性が宿ったかどうかは分かりませんが、「教養」を身につけていれば「ランク上のよき市民」のようには思われます。「よき市民にふさわしいもの」が「教養」で、「よき市民を高めるもの」が「教養」でした。だから当然、「教養」が下らないものであってはならないのです。

それで「教養」は、「あれは下らないものだから身につけないように」という、「教養」に関する線引きをします。「教養」は「身につけておいてしかるべきよいもの」なので、疑問を持つことなく、黙っておとなしく学んでいればよくて、その線引き外のことは知らなくてもいいのです。

「疑問を持たずにこれを受け入れていればいい」という「教養」は、パッシヴな人間を作ります。「この範囲が〝教養〟で、それを覚えておけばいい。覚えてないと〝無教養〟と笑われる」というようなもので、「教養」と「受験に必要な学力」は、あり方として似ています。どちらも、体制順応型の「よき市民」を作るのに必要なもので、そういう市民が増えたので、日本は高度成長以降の「豊かな社会」を作るのに成功出来たのですが、この「よき市民」には一つ欠点があります。それは、パッシヴであることに慣れすぎて、「自分から発信する」ということが出来ないことです。

「指示待ち症候群」と言われる人達がいます。自分ではその自覚がないのでしょうが、外から「指示」が飛んで来るまで、自分からはなにもしない――そのように思われている人達で、つまりは「自分から発信する」ということがない人達なのですが、この人達は「だめ人間」ではなくて、「よき市民になるための教育を受けた、よき市民」なのです。

「よき市民になるための教育」が、「黙って知識を吸収するのにすぐれ、しかしその先がない人間」を作り出してしまうのは、仕方のないところです。

「情報」という新しい「教養」

「一億総中流」を実現させた日本の大衆社会は、やがて壁にぶつかって、「より豊かな中流」と「豊かさを失った元中流」の二つに分かれる格差社会へと変わります。壁にぶつかった後の日本がろくなことにならなかったのは、日本人の多くが体制順応的で大勢《たいせい》順応型であるパッシヴな「よき市民」であったことに由来しているはずです。

壁にぶつかった格差社会は、「より豊かな中流」の上に「セレブリティ」なる小粒の上流階級を生んで、一度ははやらなくなった「教養」を別の形で復活させます。前にも言いましたが、「教養」には「人をえらそうに見せる」という役割があるのです。

現在の社会は、「みんながちょっとばかりえらそうになって、〝自分はもう頭がいいからこれ以上の知性なんかいらない〟と思うようになった社会」ですが、そこには「情報」という名の新しい「教養」が生まれます。

どこかで誰かが「情報」を発掘し、流通して、それを知らないと「知らないの？」と怪訝《けげん》な顔を向けられます。それがどういう意味を持つのかということはあまり関係がなく、「知っているかどうか」が重要なのです。かつての「教養」もそういうものでしたから、「新しい教養」になった「情報」がそうなっても不思議はありません。「教養」は「選ばれた者の身だしなみ」「社会の一員としての身だしなみ」のようなもので、「これだけ知っていさえすればＯＫ」というようなものでした。それを知っていたとしても、その知識が自分を変えてくれるわけではありません。「教養」というものは、「その人が獲得した固定的な立場を安定させてくれるもの」でしたが、「情報」も同じです。

かつては「教養」を身につけるとエリートになれましたが、「情報」もそれを知っていれば威張れます。誰かに対して威張るというよりも、自分に対して機能して、「情報を得て知っている自分」というプライドを満足させてくれます。

「情報」は、目まぐるしく更新される流動的なものですが、「それを得ることによって、情報を手にした人間の中身を変える」というようなものではありません。格安なファストファッションのように、着る人の表面を目まぐるしく変えるだけで、「目まぐるしく自分を変えていたい」と思うその人本人を変えはしません。

「情報」は目まぐるしく変わって、量ばかりはやたらと増えるように見えますが、「情報」というのは蓄積されず、古くなったものはさっさと忘れられてしまうので、すべては「事もなし」です。

「情報」は「情報」として完結しているので、そこからなにかを展開しようと思っても、そう簡単にはいきません。「情報」は、「情報」のまま完結している断片的な知識だからです。

だからこそ人は、「もう飽きた」と思うと、すぐに手に入れた「情報」を捨ててしまいます。「情報」はコンピュータという箱の中にあるもので、その人が「もういらない」と思って捨てても、箱のどこかには捨てられずに残っています。「捨てても残っている」だからコンピュータは便利なのですが、「捨てても捨てたことにならないもの」は、実のところ「拾っても身につかないもの」なのです。

ランキングで出来上がっている世界でも

「情報」というものは、大体コンパクトにまとめられています。コンパクトだと、扱う人にとって使いやすいのでしょう。「情報」というのは、リアルタイムで「今」というものを反映していないと意味がないらしいので、頻繁に更新されて入れ換えが起こります。でも、それだけだとやっぱりまだ不便らしくて、入れ換えられた「情報」が一日で分かるような「ランキング」が作成されます。

ネット社会のランキングは、「これがいいから選べ」と言い出すような特定の人の意向が反映されないということになっています。ネット社会のランキングは、「みんながそれを選んだ」ということの結果なのですが、ネットユーザーである「みんな」が選んだということは、「だからいい、信頼性がある」ということとは直接に結びつきません。

「教養」というのは、実は「支配する上層部のいる社会のもの」です。だからこそ、「ここまでが教養、その外は下らないもの」という権威主義的な線引きをします、ところが、「みんなで選ぶランキング」には、そんな権威主義的なものがありません。しかし、みんなが選んでそのランキングが出来上がってしまうと、「ああ、そうなんだ」と思って、人はそのランキングを一つの基準にして、そのランキングに従ってしまうのです。従ってどうするのかというと、たいしたことはしません。「金儲けをしたい人が、そのランキングを利用する」という程度のものです。

民主的な手続きによって出来上がり、それが固定的にならないように常時動き回ったりしているはずなのに、不思議なことにランキングというものは、「ランキング」になった段階で、「時代を映すもの」として権威主義的な色彩をまとってしまいます。

テレビに出て、あたりさわりのないことを言っている「コメンテーター」という人も、それと似ています。誰にも引っかからないあたりさわりのないことを言って、「コメンテーター」ということをやっていると、なんだかえらい人のように思えてしまうのです。

どうしてそういうことになるかというと、話は簡単で、いくら民主的になって「権威」などというものが存在しなくなっても、人はやっぱり「自分を安心させてくれるもの」を求めていて、その拠《よ》りどころとなるものの名が「権威」だからです。まず「権威」というのは、「人を納得させるもの」で、だからこそ「権威」というのは、「知性的」であらねばなりません。人は、「なにかを知っている人」に対して敬意を払ったりするような生き物で、だからこそ、人はちょっとしたことで「権威」になって、「知的」と思われた人が「えらそう」に見えてしまったりするのも、仕方のないことです。

しかし、「権威」になって「えらそう」になって、「えらそう」なだけで「権威」を続ける、実質のない人だっています。そういう人はその内に人の反発を買って「権威」の座から引きずり下ろされることにもなります。「えらそうなやつがいなくなってよかったね」ではあるのですが、そうなると、「それまでに自分を納得させ安心させてくれていたもの」もまた、「えらそうな権威」と共にいなくなってしまうのです。気がつけば「拠りどころ」となっていたものがなくなっているのですから、そこに混乱が訪れても不思議はありません。ソーシャルメディアを使って独裁者を追放し、ジャスミン革命と言われたイスラム世界がその後に混乱に陥ってしまったのはその一例です。

「拠りどころ」を失ったらどうすればいいのでしょう？　「自分のことは自分でする」で、「自分達のことは自分達でする」です。「権威」であるような「拠りどころ」がなくなったら、「自分のことや自分達のことは、自分や自分達で考えてなんとかする」しかありません。その「どうしたらいいんだろう？」を考えるのが、「知性」なのです。

「拠りどころがなくなって混乱に陥った」は、「穴に落ちたらどうします？」と同じことなのです。「負けた」という状況に陥ってこそ発揮されるのが「負けない力」で、一番の困難は、「負けた」という状況に陥った時に「負けない力」である知性が発動出来ないことです。

それは「権威主義」です

「知性」というのは、もういろんな風に負け続けています。でも、「自分で考えてなんとかする。自分で考えて、他ならぬ自分を納得させる」ということが必要であることに変わりはありません。いくら「知性」が負け続けてはやらなくなっても、「困難」というものがいくらでも存在する以上、「負けない力」である「知性」は、存在し続けなければならないのです。

ネット社会で「情報」が氾濫して、「成功した金持ち」は生まれても、「権威」なんかは生まれません。「権威」を権威として存在させないように、多くの人がその足を引っ張ります。それが可能なのがネット社会です。

ネット社会で、すべてのものは広く流通することによってその存在が認められます。流通しないものは、「存在しない」と同じです。そういうネット社会で、「流通の度合い」をカウントして「権威」のような存在の仕方をするのが、「ランキングの上位にあるもの」です。

でも、移り変わるのは「世の習い」で、ネット社会でいつまでも同じものがランキングの上位を独占していることはありません。ネット社会での「権威」とは、ランキングのシステムそのもので、ネット社会のランキングに「威圧的に存在する権威」などというものはありえないのです。

「権威」は存在しなくて、だからこそ「コピペ」というカジュアルな行為は、当たり前かつ大っぴらに行われるのですが、では、人はなぜコピペなんかをするのでしょう？

「めんどくさくなくて簡単だから」なのかもしれません。でも、コピペというのは、自分の外部にある根拠に寄っかかろうとする行為です。

「根拠」というのは、自分の内部に作り上げるものです。「自分がある」というのは、自分の内部に「根拠」を持つことで、「根拠」というのは、自分の外側に当たり前の顔をして落っこっているものではありません。

「私は自分に自信があるので、自分の外側に根拠を求めている気なんかありません」と言ったとしても、コピペというのは、「根拠は自分の外側にある。その根拠にそのまま乗っていれば大丈夫だ」という、いともあっさりと「権威」に依存する権威主義的な行為なのです。

「そんなものに負けているのか」と思うと情けなくなりますから、「負けない力」であるはずの「知性」は、そうそう簡単に負けてはいられないのです。

「根拠」は自分で作る

この本の「はじめに」にはへんなことが書いてあります。『負けない力』というタイトルを、私が付けた理由です。

「知性ってなんだろう？」と考えて、私は「負けない力だ」と思いました。でも、《どこかにそういう定義があったというわけでもなく、どこかのえらい人がそう言ったわけでもありません。そういう定義があったり、えらい人がそう言っていたとしても、私はそんなことを知りません。》と書きました。つまり、「〝知性とは負けない力である〟と言ってはいるが、そのことにはなんの根拠もない」です。

だから、その後にはもっとひどいことが書いてあります――《これだけでもう、この本が「なんの役にも立ちそうにない本だ」ということくらいは分かるかもしれません。なにしろ「知性とは負けない力である」と言って、そんな根拠はどこにもないからです。》と。

私がなんの根拠もなく「知性とは負けない力である」と言ったのは、「知性ってなんだろう？」と考えて、「それを調べてみよう」とは思わなかったからです。ネット検索で「知性」を調べてみるとか、「誰かがなんて言ってたかな？」なんてことを考えて本を漁《あさ》ったりなんかしませんでした。しなかった理由は「めんどくさかったから」です。

どこかで誰かえらい人が「知性とはカクカクシカジカのものである」と言っていたとしても、それは「この人はそう言ってるんだな」というだけの話です。それをそのまま引用してしまうと、「だからなんなんだ？」というその先のことまで、それを言った人の言葉を引用しなければならなくなります。それは「知性ってなんなのか？」ということを考えることではなく、「知性に関してなにかを言っている他人の言葉を説明する」にしかなりません。

私にだって頭は付いているのですから、「知性ってなんだろう？」と考えることは出来ます。それを考えることは、「自分にとって知性はどう必要なんだろう？」という方向性を考えることでもあって、それを考えなければ「必要な事を考える」ということは始まりません。

「根拠」を求めて「他人の言葉」を探し出して来ても、「これは自分にとってどういう意味を持つものなんだろう？」と考えなければ、自分の役には立ちません。「他人のものは他人のもの」で、それを「自分のもの」にするためには、「自分のものに変える」という行為が必要で、「根拠」は自分で作るものなのです。

でも、自分の外に「根拠」を求める人は、そんなことをしません。それは、「せっかく見つけ出した〝自分の外にある根拠〟を、自分で勝手に変えてしまう」ということになるからです。

その代わり、自分の外に「根拠」を求める人は、「自分と、この〝根拠〟となるべきことを言った人の関係は、どんなものになるんだろう」なんてことを、考える人なら考えます。もちろん、そんなことを考えたって答なんか簡単に出て来ないので、普通は「えらい人が言ったことだから〝根拠〟はある」と思って、そのままです。もちろん、「自分にとってその〝根拠〟はどういう意味があるのか？」なんてことも考えません。

それをする代わりに、「えらい人が言ってることだから信じられる」と思って、自分で都合のいいように解釈をしてしまいます。「せっかく見つけた根拠を勝手に変えてはいけない」と思っているくせに。

「えらい人が言うことだから信じられる」というのは権威主義で、「えらい人の言ったことを都合よく解釈してしまう」は、その上を行く「自分が第一権威主義」です。

この本の著者だって少しばかり不安がっている

世の多くの人は「権威主義」に走ります。勝手に他人を信じてしまうのは、一番手っ取り早くて簡単なことだからです。

「今でもやっぱり多くの人は権威主義なんだろうな」と思うので、私は「この本には根拠なんかありません」と初めに言ったのです。

権威主義者は、「根拠を一から作り上げて行く」という行為そのものを理解しません。だから、そういう人が「一から根拠を作り上げて行く」なんてものに出会うと、「そんな話は聞いたことがない」とか「見たことがない」と言って拒絶します。

そういう人を相手にしてもしようがないので、それをあらかじめ排除しようと思って、私は「この本には根拠なんかありません」と、一番最初に言ったのです。「自分で考える」ということは、「自分で根拠から作り上げる」ということで、それがその先に於《お》いて「他人の合意」を得るかどうかは分かりません。でも、「他人の合意」に出会えるところまで行かないと、「自分の作り上げた根拠」は、ただの「自分勝手な理屈」です。

「自分で作り上げる根拠」には、「これは正しい」ということをなんらかの形で証明することが必要です。でも、そんな「証明」なんかは出来ません。だから「これは正しい！」なんてことを大声で言わない方がいいのです。それが「自分の作り上げた根拠」と「自分勝手な理屈」の別れ目です。

誤解があるかもしれませんが、「根拠」というものは一番初めにあるものではありません。一つ一つ積み上げて行って、最後になってようやく「根拠」になるようなものなのです。

「そうなればいいな」と思って一つ一つ論理を組み立てて行っても、それが果して「根拠」になりうるかどうかはなかなか分かりません。だから私も少しばかり不安になって、「この本は世の〝根拠〟のあり方とは少し違うところがあるかもしれないから、あまりうるさいことを言わないでちょうだいね」というフェイントを、一番初めにかけたのです。

これで、「ものを考える」という行為はそうそう簡単でも楽なものでもないのです。

第四章

「教養主義的な考え方」から脱するために

「教養主義」ってなんだ？

私が今までに言って来たことを一言で言うと、「もう教養主義的な考え方から脱すべきだ」になります。

「一言ですむんだったら一言ですませろよ」とおっしゃるかもしれませんが、一言ですませるためには、それ以前の延々たる積み上げが必要になります。それに一言ですませたとしても、そこに説明がなければ「なんのことだ？」にもなってしまいます。一言ですませるために「教養主義的な考え方」という言葉を登場させましたが、そのことにだって説明は必要でしょう。

今までの繰り返しになりますが、明治になった日本は近代化のために「西洋の進んだ知識」を取り入れなければならなくなります。そのことが定着して、身につけておくべき文化の基礎知識を「教養」と呼ぶようになり、それが大学で学ぶ「一般教養」となって、やがて「一般教養なんか役に立たないから、その代わりに〝実学〟をマスターさせるようにしよう」ということになります。

大学からなくなった「教養」は、今やオバさん達の通うカルチャースクールが管轄するようなものです。「教養」というものはもうはやらなくなっています。それなのに私は、どうして「教養主義的な考え方から脱すべきだ」なんてことを言うのでしょうか？　問題は「教養」の方にではなく、「教養主義的な考え方」の方にあります。

教養主義というのは、「教養となる知識を知っておけばなんとかなる」ということを信条とする考え方です。でも、「教養」というのは、「それは下らないから教養ではない」という形で線引きをするものですから、「下らない」と言われるものが勢力を得てしまうと、教養主義は孤立して役に立たなくなります。それが教養主義がはやらなくなった理由です。

「下らない」ってなんだ？

教養主義を孤立させた「下らない」と言われるものは、「大衆」とか「大衆文化」と言われるようなもので、教養主義的な見方をすれば、「女子供が好きそうなもの」は「下らないもの」の一つです。

こう言ってしまうと、教養主義というのは「真面目でえらそうな男のもの」になってしまいますが、その通りで、マンガやテレビは「大衆文化」に属するものだったので、昔の厳格なお父さんは「テレビなんか見ちゃいけない」と子供に言い、真面目なお母さんも「マンガなんか見ていると勉強が出来なくなる」と、子供を叱ったのです。

その昔、テレビ朝日は「日本教育テレビ」と言っていました。「教育番組を中心にしたプログラムにするから」と言って、民法テレビ局の免許を取ったのですが、民放のテレビが教育番組を流したって視聴率が取れないので、すぐに「普通の民放」になってしまいました。

テレビ東京も、発足当時は「科学教育を振興させるためのテレビ局」でしたが、その「東京12チャンネル」だったテレビ局も、さっさと「普通の民放」に変わりました。大勢の人を一時に相手にするテレビ局に、「教養」とか「教育」はなじまないのです。「大衆」にとって「教養」というものは、「ありがたいのかもしれないが意味のないもの」です。大衆化した大学から「教養」が消滅してしまうのは、当たり前のことでしょう。

死滅しない「教養主義的な考え方」

大学は大衆化して、若者達の遊園地状態になってしまいますが、大学から「教養」が消えた理由は、もちろんそんなことではありません。教えることがあってこその大学ですから、もしも日本に好景気状態が続いていたら、大学は聴く気のない学生相手に「教養」の講義を続けていたでしょう。それでこそ「遊園地化した大学」です。ところが日本には不景気がやって来ます。だから、「いつまでも一般教養なんていう役に立たないことを教えてないで、即戦力になるようなことを教えろ」と不景気に悩む企業社会の方が言って、学生の方も「即戦力になるような勉強がしたいです」と思い、大学の方も「それをやらないと学生が来なくなる」と思って、大学から「教養」はなくなったのです。なんだか企業版ファシズムの広がり方みたいですが。

「教養」がなくなれば、当然「教養主義」も力を失います。でも、真面目な日本人はやっぱり勉強をします。その勉強の仕方が、明治時代以来の「教養主義的」なのです。

繰り返しになりますが、教養主義というのは、「教養である知識を知っておけばなんとかなる」という考え方ですから、「さっさと大量の知識を覚え込む」ということが根幹にあります。だから、勉強好きな秀才はさっさと真面目に知識を詰め込みますし、勉強がそう好きではない凡人も「勉強とはそういうものだ」と思って秀才の真似をします。真似をして、どっかで疲れたりもするのですが、その勉強の仕方自体が「教養主義的」なのです。

教養主義は、知識の体系である「教養」に疑いを持ちません。持たないからこそ、知識を詰め込めるのです。その習慣が残っているからこそ、「教養」がはやらなくなっても、「ここが重要だから覚えておきましょう」というような勉強をするのです。

教養主義は、その根幹である「教養」が古くなったり、役に立たなくなったりするとは思っていませんでした。でもそれは「古くなった、役に立たなくなった」と思われてしまったのです。

どうしたらいいでしょう？　話は簡単です。「古くなった」とか「役に立たなくなった」と思われる知識を、「新しい役に立つ知識」と入れ換えればいいのです。入れ換えて再び、「これは必要だから」と、教養主義的に詰め込めばいいのです。以前の教養主義の基準では「下らない」とされていたものでも、「それは今の社会に必要な知識だ」と考えられれば、「古い教養と入れ換えられる新しい知識」になってしまいます。

「考え方」も入れ換える？

知識を入れ換えることは、別に間違ってもいませんし、悪いことでもありません。科学の世界では知識が日進月歩で、古くなった知識が新しい知識と入れ換えられることは、当たり前に行われています。

ところが、そういう「知識の入れ換え」とは違う、「考え方の入れ換え」というものもあります。「なんだそれは？」と思われるかもしれませんが、「考えを改める」とか「心を入れ換える」というような反省系のものとは違った「考え方の入れ換え」ということもあって、人は意外と簡単にこれをするのです。

流行というのは、ファッションや世相風俗の世界だけにあるものではなくて、「思想」や「考え方」の世界にもあります。だから、「今の時代のトレンディな考え方をマスターしていないと、みんなから取り残されるんじゃないか?」という不安感が生まれて、「今はこういう考え方が主流で、知っていないと仲間はずれになって損をしますから、あなたもその考え方をマスターしておきましょう」というような、ノウハウ本がいくらでも登場するのです。

そういうノウハウ本が存在すること自体が、「教養主義的な考え方」の名残りでもありますが、もしかしたら、「トレンディという言葉を使うような考え方」だって、もう古いのかもしれません。

しかしよく考えれば、「考え方にも流行があるから、考え方を入れ換えよう」というのは、へんです。「考え方」は入れ換えが可能な「知識」ではないのですから、そう簡単に入れ換えなんか出来ません。出来るものではないのです。

「考える」というのは、「自分の頭で考える」ということです。だから、「今までの考え方はもう古いから、新しい考え方に乗り換えよう」と考えると、「それまでの自分の考え方」は邪魔になります——そのはずです。つまり、「新しい考え方」に乗り換えるためには、「それまでの自分の考え方」を捨てて「考え方の入れ換え」をする、「考え方の全取っ換え」が必要になるのです。

「知識の入れ換え」は、古くなった部品チェンジのチューンナップですが、「考え方の入れ換え」は違います。「考え方」は「自分」に根差して存在するもので、外から仕入れられる「知識」とは違います。「知識」を取り入れ、嚙み砕いて消化吸収して「自分なりの考え方」を作るのです。それが人間で、「自分なりの考え方」は簡単に変えられません。簡単に変えられてしまったら、それはマインドコントロールで、洗脳です。

　自分の頭の中には「それまでの自分の考え方」があります。そこに「新しい考え方」を取り入れるのなら、既に存在する「それまでの自分の考え方」と突き合わせて、自分なりのアレンジを加えなければなりません。そうしなければ、消化吸収は出来ません。

でも、そういうことをしていると「モタモタして呑み込みの悪いバカ」と思われてしまいます。そう思われなくても、「きっとそう思われるだろうな」という気がしてしまいます。世の中には、「新しい考え方をすぐに呑み込めないのは、時代遅れのバカだ」と考える風潮があるからです。

でも、よく考えて下さい。それまでの自分の考え方とは違う「新しい考え方」をさっさと取り入れられるなら、その人には、「新しい考え方」を取り入れる上で邪魔になる、「自分の考え方」がないのです。

「他人の考え方を知識として仕入れる」ということ

教養主義は、「そういう考え方があるのを知っておいてもいいよ」という考え方をします。

世の中には「ナントカ主義」とか「誰それさんの思想」というような「いろんな考え方」があって、教養主義は「教養」であるような知識のマスターを第一に考えますから、「いろんな考え方」があるのを知っておいてもいいのです。

ただし、教養主義というのは、「これは教養であってもいい」とか「そんなものは教養にならない」というように「教養の範囲」を決めてしまうものですから、「知っておいてもいいいろんな考え方」にだって、「有名になっているもの」とか「えらい人の」というような限定は付きます。

ここで「あ、そうか——」と気がついていただければ嬉しいのですが、つまり教養主義は、「他人の考え方」も「知っておくべき知識の一つ」とカウントしてしまうのです。

「考え方」は「考え方」で、知識ではありません。でもそれを「知識」として扱ってしまうと、「ナントカ主義はこういう考え方、誰それの思想はこういう考え方」という風にマスターすることが出来ます。それが「考え方を知識として覚える」で、そういう教養主義的な前提があるからこそ、「今の流行の考え方はこういうもの。それがこんなにも簡単に覚えられる」というようなハウツウ本が、いくらでも出回ることが出来るのです。

「他人の考え方」を「知識の一種」として覚えてどうするのでしょう？

ただ覚えるだけだったらどうともなりません。覚えてただそれだけです。「そういう考え方があるのは知っている」と言えて、「他人の考え方」にたじろがなくなって、「そういう考え方もあるな」と言えるだけの物知りになるだけです。受験勉強的なマスターの仕方とおんなじです。

「他人の考え方」というのは、覚えるものではなくて、学ぶものです。「そういう考え方もあるんだ」と思って参考にして、自分の硬直してしまった「それまでの考え方」を修正して、自分の「考える範囲」を広げるためにあるのが「他人の考え方を学ぶ」で、つまりは、自分を成長させることなのです。

「他人の考え方を覚える」だけだと、その成長に必要な変化が起こりません。前に私は「知識を身につけるのではなく、知識が身に沁みることが必要だ」と言いましたが、教養主義というのは、身に沁みなければなんの意味もない「他人の考え方」でさえも、「覚えていればなんとかなる知識の一種」として処理してしまうのです。

「他人の考え方を知る」というのは、大袈裟《おおげさ》に言えば、それだけで「自分の考え方」を揺るがせてしまいます。それで人は、あまり「他人の考え方」を知りたいとは思いません。「うっかりそんなことをして、へんに自分の考え方が揺さぶられるのはいやだ」と思っているのが普通で、そういう人達が知りたいのは、「自分の考え方を肯定してくれる、自分と同じような他人の考え方」だけです。

だから、私の書くこの本は、とても分かりにくいのです。どうしてかと言えば、私はこの本の中で、読者の考え方を揺さぶるようなことばかりを書こうとしているからです。

でも教養主義者は、「他人の考え方に揺さぶられる」ということを恐れません。恐れる前に、「なにを言っているのかよく分からない他人の考え方」なんかは拒絶してしまいます。そして、知っておくとトクになりそうな、「知識としてまとめられた他人の考え方」だけをマスターするのです。「その考え方ならもう知っている」と言うためだけに。それなら、「他人の考え方」を恐れる必要なんかありません。

教養主義者に「自分」はあるのか?

「他人の考え方」を知識として取り入れられる教養主義者は、「他人の考え方に侵されない強固な自分」を持っていることになります。でもその一方で、「自分の考え方」が時代遅れになりそうになると、「別の考え方」と入れ換えてしまうのも、同じ教養主義者です。

「自分の考え方」を持っている人なら、そう簡単に「考え方の入れ換え」なんかは出来ません。でも、いくつもの「他人の考え方」を「知識」として持とうとする教養主義者には、それが出来るのです。どうしてそんなことが出来るのかというと、話は簡単です。「自分の考え方」を平気で入れ換えてしまえる教養主義者には、「自分のオリジナルな考え方」が稀薄だからです。

ということになると、「教養主義者には〝自分〟があるのか?」という話にもなってしまいますが、そんなところへ行く前に、どうでしょう? 「教養主義者、教養主義者って言いますが、その教養主義者ってどんな人達なんですか?」とは思いませんか? 「具体的に、何人か教養主義者の名前を挙げてもらえませんか?」とか。

そうお考えになるのはもっともですが、でもここで言う「教養主義者」は、特別な人達ではありません。今や日本人の多くが「知識」だけを求める教養主義者になっていて、あなただってその「教養主義者」の一人かもしれないのです。

真面目な日本人は、それで「マニア」になる

日本人の多くは受験勉強を経験していますが、この勉強は「覚えなければならない知識」を詰め込むという、教養主義的な勉強です。

それは、「学校で習ったはずの知識を詰め込み直す」という種類の勉強で、その勉強で得た知識は、自分を成長させる上で役に立つかもしれませんが、しかし、受験勉強の目的は「上級学校へ入ること」で、「自分を成長させること」ではないのです。それは結果的に「自分を成長させる」につながるかもしれませんが、あくまでも受験勉強の目的は「上級学校に入る」なのです。

だから、受験勉強の中で「疑問」は必要ありません。生徒に「疑問」を持たせてしまうのは、その教師の教え方が悪いからで、優秀な教師や講師は、生徒が「余分な疑問」を持つ必要がないように、「覚えておくべきこと」を無駄なく教えます。普通の勉強なら、生徒に疑問を持たせて自分の頭でものを考えられるような方向に持って行きます――それが「教育」というものの本来であるはずですが、「上級学校に入る」

を目的とする受験勉強では、そんなことをしたら「余分なことをして時間をロスする」になってしまいます。

受験のための勉強に「余分な勉強」は必要ありません。志望校の入試科目が三科目なら、それ以外は「余分な科目」で、受験勉強では、そんなものを勉強する必要がないのです。

前に私は、「教養主義はその範囲を、〃これは教養に値するか、しないか〃と線引きする」と言いましたが、受験勉強も同じです。「それは試験に出るか、出ないか」の線引きをして、「それは出ないから勉強をしなくてもいい」と範囲を限定します。その点でも受験勉強は、とても教養主義的なのです。

日本人の多くはそういう考え方を当たり前にマスターしているので、簡単に「マニア」になってしまいます。物事の範囲を「自分の知りたいこと」だけに限定して、それだけを詳しく知ろうとします。その範囲外のことには無頓着《むとんちゃく》で、あまり知らなかったり、全然知らないままでいます。

マニアになってしまう人達は、根本のところで真面目な勉強好きの人達です。だから、「自分の知りたい範囲」が限定出来ると、そのことに集中して「極める」という方向へ進んでしまうのです。

それは、あまり受験科目が多くなくて偏差値の高い、特殊な学校を受験するための受験勉強に似ています。マニアというのは、特殊な人達ではなくて、教養主義的な日本の風土に育った、真面目で勉強好きな普通の日本人なのです。

日本人の考える「自分」

というわけで、普通の日本人はかなりに教養主義者的なのですが、「その日本人達に〝自分〟はあるのかないのか」です。

日本人にきっと「自分」はあるでしょう。でもその「自分」は、簡単に考え方を変えてしまいます。そして日本人は、そのことをあまり矛盾とは考えないのです。「自分の考え方を別の考え方と入れ換える」なんていうと、深刻なマインドコントロールの結果のようにも思われますが、そんなことはありません。日本人は意外と簡単に、「自分の考え方」を変えてしまいます。それはたとえば、受験で「目的の上級学校」に入学した時に起こります。一生懸命勉強をして、目的の上級学校へ入学した途端、「勉強する」を忘れてしまう人はいくらでもいるでしょう。

目的を達成したとはいっても、そこはまだ学校で、「勉強をするところ」です。でも、目的の学校に入ると、それまでの受験勉強で得た知識をみんな忘れて、「キャンパスライフをエンジョイする」という方向へ行ってしまう人がいくらでもいます。「なんのために勉強をするのか?」と言えば、「志望する上級学校に入るため」ですから、その目的が達成された以上は、さっさと「今までの考え方」を変えてしまうのも不思議はありません。

「今までの自分の変え方を別の考え方と入れ換えてしまう」というのは、由々しくて大変なことのようにも思えますが、しかし日本人はこんな風に意外と簡単にやってしまうのです。

日本人は簡単に「考え方」を入れ換える

話は大きく飛びますが、江戸時代が終わって明治時代がやって来た時、明治政府は「さっさと新しい時代に馴れろ」と国民に知らしめるべく、新しい法制度を実施しました。いつまでも「江戸時代的な頭」でいると、「時代遅れな旧弊《きゅうへい》なやつ」などと言われました。平成に変わった日本で「昭和の臭いがする」などと言われるのと同じです。

「近代化」というのは、それまでの日本人にとってなんだかよく分からないことだったのですが、行灯《あんどん》の火やランプの光よりもずっと明るい電気の灯が点った時には、「わーッ！　明るい！」と感嘆の声を上げて、そのような形で「近代」に馴れたのです。

でも、近代になってから五十年ほどすると、日本は軍国主義の方へ進み始めます。近代への道を遅れて歩み始めた国がやがて軍国主義化してしまうというのは、二十世紀の初めの世界では別に珍しいことでもないので、日本も軍国主義です。そうして、アメリカとの戦争が始まって、日本はこれに負けてしまいます。

負けた日本にアメリカの占領軍がやって来て、「軍国主義はだめだ、さっさと民主主義に変われ！」という命令を出して、日本はあっという間に民主主義に変わりました。

日本の軍国主義は、敗戦になるまで二十年ほど続いて、その間、民主主義的な教育なんか行われていません。「近代」になった明治時代は、「四民平等」とか「文明開化」と言われましたが、まだ民主主義の時代なんかではありません。国民が民主主義のことを分かっていたかどうかも不明です。でもアメリカとの戦争に敗れた日本人は、「民主主義に変われ！」の一言で、さっさと「民主主義」に変わってしまいます。「民主主義化に反対する軍国主義者の反乱」というものもありませんでした。

戦争に負けた日本があっという間に民主主義に変わってしまった理由はなんでしょう？

「軍国主義が国民を弾圧していたから、日本人は民主主義を喜んで迎え入れた」というのは、あまりにも美しすぎる答です。喜んで迎え入れるもなにもなくて、日本人はまず「民主主義」というもののルールをよく知らなかったのです。喜んで迎え入れる前に、日本人の示す反応は、「民主主義ってなんだ？」のはずです。

その日本人がどうして、「よく分からない民主主義」をさっさと取り入れたのでしょう？　答は簡単です。「それをするとトクになる」と、日本人が考えたからです。

「民主主義」を取り入れる日本人

敗戦の日本にやって来たアメリカの占領軍は、「だめな軍国主義の国に民主主義を厳しく叩き込みに来た鬼教官」のようなものです。強いものに従ってしまう日本人は、それが「よく分からないもの」であっても、簡単に呑み込んで考え方を入れ換えます。

それまでの日本の軍国主義は、国家の方針を第一とする「お国のため」優先ですが、アメリカからやって来た民主主義は、そんなことを考えなくていいのです。じゃァどう考えるのかというと、どうも「自分のことを第一」に考えて、そうすればおだやかないい国になるらしい——誰かがそんなことを言ったわけではないのですが、「民主主義を受け入れる」というのがまず第一に必要なことですから、受け入れる中身は「大体そんなもの」でいいのです。

民主主義はまず、「めんどくさいことを考えなくてもいい」という形で日本人の上にやって来ます。それまでは「まず第一にお国のため」を考えなければなりませんでしたが、そのめんどくさいことをもう考えなくていいのです。

「個人の自由」とかも言います。要約してしまえば、「めんどくさいことを考えずに、自分が第一」ですから、こんなにトクなことはありません。とりあえず「民主主義」という前提だけを取り入れて、その後で「民主主義ってなんだっけ？」と考えればいいのです。

日本を民主化するための「民主主義教育」だって行われます。でも、「民主主義に関する試験」なんかはありません。おまけに、日本にやって来た厳格な教師であるアメリカ占領軍も、何年かして日本からはいなくなってしまいます。日本は「民主主義の独立国」となるわけですが、その日本人が「民主主義」のことをよく分かっているかどうかは、疑問です。

日本人の「損得」の考え方

日本人は「損得」で自分のあり方を考えます。でも、よく考えたらそんなことは不思議でもなんでもなくて、「損得」で自分のあり方を決めるのは、日本人だけではないはずです。

日本人は民主主義のあり方をよく分かっていないかもしれませんが、アジアの他の国々が日本以上に民主主義を理解しているのかどうかは分かりません。なにしろ、民主化とは無縁であるような北朝鮮の正式名称は「朝鮮民主主義人民共和国」なのですから。

損得で自分のあり方を決めるのは日本人に限ったことではなくて、ある時に「それまでの自分の考え方」を「別の考え方」と入れ換えてしまうのも、日本人だけがすることではないでしょう。でも、「考え方を入れ換える」に関して起こる日本人の最大の特徴は、「それをしてもあまり大きな混乱が起こらない」ということでしょう。「考え方を入れ換えろ！」ということが起こる典型的な事態は、革命です。革命が起こると、「今日からは昨日と違う、考え方を入れ換えろ！　それをしないと、反革命分子として逮捕するぞ！」ということになってしまいます。

革命というのはあまりにも急激な変化なので、革命の後には政情不安がつきものです。でもその日本には、革命が起こりません。なんだかよく分からない内に、国の上の方が変わって、「変わりましたから、皆さんも考え方を入れ換えて下さい」と言って、そのままOKです。革命につきものの「反革命的騒乱」のようなものは、起こりません。みんながさっさと「考え方を入れ換える」をやってしまうので、へんな騒ぎが起こらないのです。

普通、「損得で自分のあり方を考える」ということになると、ベースとなる「自分のあり方」をそのままにして、そのあり方と矛盾していようがなんであろうと、「こうすりゃトクになるな、こうすりゃ損をするな」という小手先の考え方をします。でも日本人は、そのベースとなる「自分のあり方」の方をさっさと変えてしまうのです。「自分のあり方」に固執していると、「頑固者」とか「変人」と言われて、そこに小手先だけの「損得を考えるテクニック」をくっつけても、うまく行きません。みんなに嫌われて孤立してしまいます。だから、損得を考えるのなら、「みんなと同じような考え方」になるように、「自分の考え方」を変えてしまうのが一番なのです。

その、さっさと自分の頭の中を入れ換えてしまう日本人特有のあり方を示す言葉があります。「長いものには巻かれろ」です。だから、「もう江戸時代じゃない。さっさと近代人になれ」と明治維新政府に言われると、なんだかよく分からなくても「近代人」になろうとします。「もう軍国主義は終わった。さっさと民主主義に切り換えろ」と言われると、やっぱり民主主義なんか分かってなくても、「民主主義」になってしまうのです。

時代の変化に敏感な人、鈍感な人

明治維新というのは、それまでいた武士のほとんどが失業してしまうという大転換期です。「武士」という身分がなくなってしまったので、新しい明治政府に参加しなかった武士達は、みんな一斉に失業者です。生活苦に陥ったり、転職して再出発の道を探したりします。

でも江戸時代の支配階級であり、官僚という頭脳労働者だった武士達は、「明治政府反対！」とか「我等の生活をなんとかしろ！」と言ってデモ騒ぎを起こしたりしませんでした。生活能力のないまま無能で落ちぶれて、東京では「一家を支えるために芸者になった武士の娘」というのが珍しくはありませんでした。

官僚として働いていた武士達がいなくなってしまったのが明治時代ですから、明治政府は新たに官僚を育成するところから始めなければなりません。そのために作られたのが後の東京大学で、落ちぶれかけた旧武士は、息子をここに入れて一家の復権を考えようとします。

武士ではないけれど、武士社会に付属して「それなりの立場」を得ていた人達も、ここに息子を入れて高級官僚にすれば、かつて以上の身分を獲得出来ますし、武士の社会とは無縁だった人達だって、「官吏養成の大学に入れば結構な身分が保証される」と考えて、その通りに保証されたのです。「出世の道」が閉ざされているのに等しかった江戸時代が終わって、「学校」という出世の扉が開かれてしまったのが明治時代ですから、受験勉強の日本はここに始まります。

明治政府を作った武士達の間に内輪揉《も》めが起こって、佐賀の乱とか西南戦争が起こったりしますが、クールにもこういうものは「不平士族の反乱」と言われてしまいます。「文句言うだけで能無しなんだよね」というニュアンスが「不平士族」の四文字に籠《こ》められてしまっていて、そういうことを言ってしまえる普通の日本人達は、さっさと頭を切り換えて「新しい時代の考え方」を取り入れてしまっているわけですね。

既得権を失った武士が「不平士族」として一蹴されてしまうのに対して元気なのは、明治になっても一揆《いっき》を起こしてしまう農民達です。

農民の歴史なんかは、武士の歴史よりもずっと古く、することは「田畑を耕す」で、ずっと変わりがありません。田畑と共に生きて、「昨日まで農業、明日もまた農業」で暮らす農民達には、考え方を入れ換えなければいけない理由なんてありません。「百姓の息子に学問はいらん！」と言って、息子の進学をあきらめさせた農業者は、二十世紀の昭和になってもいました。

武士や町人に税負担のなかった時代でも、農民達は「年貢」という形でずっと税を払い続けていました。その点で農民は時代の変化に敏感です。時代が変われば、その時代を支える農民の税率が変わったりします。結構な税負担をしている農民にとっては、自分達の生活のあり方を左右するような「時代の変化」に敏感なのは当然で、「農民の負担がひどくなったぞ」ということになれば、もう一揆です。

利口な日本人は文句を言わない

農民の一揆は江戸時代だけのものではなくて、明治時代になっても盛んに起きています。有名な自由民権運動だって、その盛り上がりの背後には、「増税反対！」の農民一揆がありました。

ある種の人――たとえば農民は、自分達の既得権が損われると、大声で文句を言います。でも、別のある種の人――たとえば平和な時代の武士達は、あまり文句を言いません。黙って自分の運命を甘受して、文句を言って争うのは、内輪揉めの起こった時だけです。

つまり、理屈を言ってもおかしくない頭脳労働者系の武士の方が、文句を言わずにおとなしくして、理屈とは関係がなさそうな肉体労働者系の農民の方が、機会を捉えてストレートに文句を言って立ち上がるのです。

理屈を言いそうな人がいざとなったら文句を言わず、理屈とは無縁に見える人の方が、明白な不満を表明します。どちらが時代の変化に敏感なのかは分かりません。「時代の変化に敏感だから、明白な不満を表明する」は、「バカほど簡単に騒ぎ立てる」かもしれません。そういう見方だって出来るから、「時代の流れに敏感な人はさっさと時代の流れに従って、〝長いもの〟に巻かれて黙っている」ということになるのかもしれません。

どうやら日本人は、「バカだから時代の変化が理解出来なくて黙っている」ではないようです。損得に敏感な日本人は、「上からの指示」や「社会のあり方」に対して調和的で、だからこそ「そんなことを言ってもしょうがない」として、黙って社会の変化を受け入れてしまうのかもしれません。

それで、安定した高学歴社会になってしまうと、「すぐに大声を上げるやつはバカだ、社会から脱落した負け犬だ。黙って時代と調和的になっている方が利口だ。少なくとも、黙って文句を言わずにいる方が、負け犬には見えないから、そうしている方が利口だ」ということになってしまうのかもしれません。

「自分」は、「自分の中」にあるのか、それとも「自分の外」にあるのか？

日本人は損得で自分のあり方を考えて、時代状況に合わせてか、あるいはまた時代状況に従って、「自分の考え方」を変えて行きます。そういう日本人にとって、「新しい他人の考え方を知識として取り入れる」は得意で、必須の処世法でもありましょう。

よく分かっても分からなくても、「今はこういう考え方をするらしい」ということだけはなんとなく分かります。「今の考え方」を取り入れた方が得だし、少なくとも損はしないはずですが、それを別の言い方で言うと、「日本人はたやすく流行に流されて踊らされる」です。

部厚くて難解な思想書でも、それが評判になると日本人はすぐにベストセラーにしてしまいます。それが難解だったりすると、分かりやすい解説本も出ます。「解説本だから分かりやすいことになっている」というのが本当で、その「解説」が分かりやすいのかどうかも分かりません。なにしろ、「むずかしいこと」が分かる人は、「分かりやすく説明する」が苦手ですから。そうであっても、勉強熱心な日本人はそれを読もうとします。

難解なものを取り入れてどうするのかは、それこそ「自分」次第ですが、しかし、真面目で「流行の考え方」を取り入れて咀嚼《そしやく》しようとする日本人に、その「自分」はあるのでしょうか？　ないのでしょうか？

真面目で勉強熱心な教養主義者の日本人に、「自分」というものがあるのか、ないのかというのは、少し前に問題にしようとしてそのままになっていますが、「〝自分〟というものは、揺るぎなく確固としたものでなければならない」という考え方からすれば、勉強熱心で「自分の考え方」をコロコロ変えてしまうような日本人に、「自分」はないでしょう。

でもしかし、そんな日本人だって、「揺るぎない自分」はあるのです。それがつまり、「損をしたら元も子もないのだから、物事は損得で考えて、長いものには巻かれてしまえ」と考える「自分」なのです。

この「自分」が強固にあるからこそ、日本人はコロコロと「自分の考え方」を変えて、「どう考えれば損をしないか」と教えてくれる「ノウハウ化した考え方」を求めて、勉強をし続けるのです。

あやふやで「確固とした自分」を持たないくせに、その日本人の中にはまた別種の「確固とした自分」がいて、損得の計算をしているのです。これを、どう考えたらいいのでしょうか？

ややこしいように見えて、話は結構簡単です。普通だったら自分の中に核として存在するような「自分」が、日本人の場合、多くは「自分の外」にあるのです。

自分の中に「自分」はありません。あるのは、「〝どういう自分〟であれば正解なんだろうか？」と考える「脆弱《ぜいじゃく》な自分」だけで、だからこそ「どう考えれば正解なんだろう？」と日本人は考えます。それで、「自分探し」というのもかなり当たり前に起こって、「〝自分〟のサンプルはいくらでもあるけれど、どれが〝本当の自分〟なんだろう?」と迷います。その結果、「自分の考え方」をあれこれと変えてしまうのです。

個性的であることが一般的になり、それに対応して「選べるアイテム」も増えて、「選ぶ」ということが可能になりはしても、「似合わないものを選んでしまう自分」に対するチェックがないというのは、こういうことでもあります。

「海外への扉」が開きっ放しになって

日本人の「自分」は、「自分の外」にあります。そうだとしか考えられませんし、そう考えるとすっきりします。

日本人にとって、「正解」というのは「自分の外」にあるものですから、必要なのは、「自分で考えて答を出そうとする」ではなくて、「どこかにあるはずの正解を当てに行く」です。

日本人の「考える」は、「なにが正解となるのか?」を考えることではなくて、「どこかにあるはずの正解はどれなのか?」と探すことで、それが「見つからない」と思ったら、すぐに「分からない」で降参です。

「答を考える」ではなく、「既にあるはずの正解を探す」をする日本人にとって必要なのは、「正解になりそうな知識をいっぱい知っておく」で、人生はほとんど受験勉強の延長です。

いつから日本人の考え方はこんな風になってしまったのでしょうか？　まさか、その初めから日本人には「自分なりに考える」という能力が欠如していたとは思えません。いつから日本人がそうなってしまったのかと言えば、江戸時代が終わって日本が「近代」に足を踏み出した時からです――そのはずです。

島国の日本は、大昔から朝鮮や中国の「進んだ文化」を取り入れて来ました。その点で、「正解はいつでも自分達の外にある」です。ところがそれをやっていた昔の日本人は、あるところまで来ると、「進んだ海外の文化」を取り入れるのをやめてしまいます。「正解は自分達で作ればいい」と考えて、「進んだ海外の文化を取り入れる」が、めんどくさくなったからです。江戸時代の鎖国は「キリスト教が入って来るのを防止する」という思想上の理由ですが、その以前に日本は何度も鎖国状態になっていて、その理由は結局「めんどくさいから」です。

四方を海に囲まれている日本では、隣の国へ行くのも昔は大変でした。だから、

「進んだ文化はもういいか」と思うと、簡単に鎖国状態になってしまうのです。「進んだ海外の文化」が入って来なくなると、当然「それまでに取り入れたものを消化する」が起こります。そうやって「日本独自の文化」は出来上がるのですが、これは筋トレと同じです。

筋肉に負荷をかけただけでは、筋肉が増えません。筋肉がダメージを受けるだけで、負荷をかけた後に休ませることによって筋肉は増えるのです。鎖国状態になって「日本独自の文化」が生まれるのも、この「休息」の結果です。

新しい知識を取り入れるのにアクセクすることなく、文化は成熟します。その中で日本人のあり方は確固として、「確固としているからこれでいいんだ」と思う、保守的なぶれない老人達が社会の中枢を占めます。その状態が長く続いて「開国」ということになると、日本が西洋諸国に比べて圧倒的に遅れていることが明らかになって、海の向こうにある「正解」を取り込むのにアクセクする時代が始まります。

時代は、戦争に負けると勝った国の植民地にされてしまう、帝国主義の時代です。「鎖国なんかしていたら、西洋の国に攻められて植民地にされてしまうぞ」という理由で日本は鎖国をやめたのですから、もう「知らん顔をして鎖国をする」という手は使えません。外に向けて開けた扉は開けっ放しで、「閉じたら負ける。勝ち続けないと負ける」という恐ろしい状態が続いて、それはグローバリズムの現在まで続いています。

「モタモタと考えてないで、さっさと新しい知識を取り入れろ！　でないと世界から取り残されるぞ！」です。

自分の力を信じるアスリートや、独自の研究を続けられる研究者ならともかく、普通の日本人には、そんなに特別な「自分」がありません。世界的な評価を得た研究者やアスリートを称《たた》えながら、「自分の外にある〝正解〟に自分を合わせなければ」と思って、ついふらついてしまうのです。

正解は、自分の外の「誰か」が握っている

日本人の「自分」は、「自分の中」にではなくて、「自分の外」にあります。それをたとえて言えば、母親に「ああしなさい、こうしなさい」と言われている子供のようなものです。

子供にとって、「ああしなさい、こうしなさい」と言う母親は、どうすればいいかの「正解」を握っている人で、「そうだ」と思って母親に従えば、その母親は「子供である自分の外にいて、子供である自分をコントロールする〝自分〟」です。それに従う子供は、「自分というものを持たない存在」ということになります。

それが「母親と子供」という関係なら、「まだなにも分からない子供にいろいろなことを教える教育」ではありますが、その子供がいろいろなことを知って母親から離れる時期になったとしても、まだ「自分の外にいる自分」は存在するのです。その代表的なものが、「みんな」です。

自分なりの考えを持ってなにかを言った瞬間、周りから「え?!」と言われたことはありませんか? 別に「意見」というほどのものではない「なにげない一言」が、「え?!」という周囲の声を招き寄せてしまう。「周りが引いた」と思って、「いや、別にそういうわけじゃないんだけど」と、慌ててとりつくろったりする。そういう経験はありませんか?

実際になにかを言って引かれた経験があるわけじゃないけど、「うっかりしたことを言って引かれたらやだな」と思って、あらかじめ「みんなが引かないような〝正解〟はなんだろう？」と考えて、自主規制をしてしまう。つまり、自分の中に「自分」はいなくて、正解を持った「自分」は「自分の外」にいるのです。だから、自分の意思や考えを言うのでも、まず「どう考えたら、みんなが納得するような、みんなが同じように考える〝正解〟になるのかな？」と考えてしまう。「いじめ」というものが大きくはびこってしまった現代なら、特にそうです。

「いじめ」の対象にされる子は、ある時突然「いじめ」に遭《あ》って、しかも、どうして自分が「いじめ」の対象にされるのかが分かりません。「いじめ」がどんなにひどくなっても、その原因は加害者側の「気に入らねェんだよ」の一言だったりします。「気に入らない」という理由だけで「いじめ」の対象になって、「じゃ、どうすればいいんですか？」と尋ねても、「バーカ」と言われて教えてもらえません。「自分がどうあればいいのか」という、「自分」に関する正解は、「いじめ」の加害者側が握っているわけで、これが「自分の中に〝自分〟はなく、自分の外にある」の最もひどい例です。

どうしてそういうことになってしまうのかと言えば、「正解というのは自分で考えて出すものではなく、外のどこかにあって、それを当てに行くことが〝考える〟ということだ」という考え方が当たり前になって、「自分のあり方は〝損得〟を考えて、長いものには巻かれてしまうのがよい」が処世法になってしまったからです。

母親が子供に「ああしなさい、こうしなさい」と言うのも、自分の判断で「そうした方がいい」と考えた結果であるよりも、自分が育って来た中で、あるいは今現在の状況の中で「こうした方がいいんだ」と理解したことを、そのまま自分の子供に言っているだけなのかもしれません。

母親が子供に言う「自分で考えなさい！」は、「自分の頭を使ってオリジナルな答を考え出しなさい」ではなくて、多くの場合、「さっさと正解を当てなさい」であるはずで、日本人が「正解は〝自分〟の中にではなく、〝自分〟の外にあるものだ」と考えている以上、「さっさと当てなさい」が教育の基本トーンになってしまうのは、仕方のないことかもしれません。

日本人の「自分」は社会のＤＮＡが作る

自分の頭で考えているはずのあなたの「正解」をジャッジする「みんな」だって、

どっかで会議を開いて「統一見解はこうしよう」と決めているわけではありません。うっかりすると、「みんなどう思うかな?」なんてことを、あなたが考えてしまうだけです。人の言うことなんか聞く気のない「ぶれない人」ならともかく、「自分の考え方はどうなんだろう?」と一人で検討してしまいがちな気の弱い日本人なら、絶対に「みんなどう思うかな?」は考えるはずです。

でもどうでしょう? 「みんなの統一見解」などというものは、そう簡単に出るでしょうか? たとえば、その「みんな」が「よく知っている三人の友人」だったりしたらどうでしょう? よく知っているから、その一人一人に「あいつだったらこう考えるな」くらいのことは分かります。しかし、それが分かったって、三人が一致する「みんなの考え方」なんかは分かりません。「それぞれに違うかもな」と思って、それだけです。

「みんなはどう思うかな?」の「みんな」なんていうものは、そんなものです。「一人一人の考え方は、それぞれにちょっとずつ違って、〝みんなの統一見解〟などというものはそんなに簡単には出ない」と分かっているのに、「みんなはどう思うかな?」と考えてしまうと、その頭の中には「簡単に一致した統一見解を出してしまう幻想の〝みんな〟」が存在してしまうのです。
「みんなはどう思うかな?」の「みんな」とは、つまるところ、あなたを取り巻く「雰囲気」なのです。「自分はどういうところにいて、そこの雰囲気はどういうものかな?」と考えるあなたは、「自分の外にある正解」を当てようとしているだけなのです。つまりは、「空気を読む」です。

どうしてそういうことになってしまうのかと言うと、繰り返しになりますが、「そういう考え方をしておけば損はしない」と、あなたが思っているからです。あなたはそう思っていなくても、あなたの周りにはそう思っている人が多くて、そういう人が多いと、あなたは「自分の考え方がおかしいのかな?」と思って、「みんなが考えるような考え方に従っておこう」と考えてしまうのです。それをすれば、少なくとも「一人だけ違う」と思われるような損をして、人から排除されるような危険性はなくなるのですから。そして、「みんなが考えるような考え方」というのがどんなものなのかは、一向にはっきりしないのです。

はっきりしなくてもいいのです。その内に「みんなはこんな風に考えているらしい」ということは見えて来て、「今は近代人にならなきゃ」とか、「今は軍国主義で、

〝お国のため〟が第一だ」とか、「今は民主主義だからめんどくさいことを考えなくてもいいんだ」というようなことが分かって、最終的には、「みんながしてるようなことをしないと社会の負け組になってしまう」という考え方を頭の中にしっかりと植えつけることになるのです。

どうしてそういうことになるのかをもう一度繰り返すと、日本の社会が「損得で自分のあり方を考えろ、そうしないと敗者になる」と言っているからです。言ってみれば、「正解は〝自分〟の外にあるから、さっさとそれを探せ」というようなＤＮＡがいつの間にか日本社会に出来上がっていて、その線に沿って日本人の「自分」が出来上がるようになっているからです。

だから私は延々と、「日本の社会はこう出来上がっている」という、「知識のあり方」とはあまり関係のないような「社会のＤＮＡ分析」ばかりをしているのです。

でも、外にあったはずの「正解」が見えなくなってしまったら

「〝正解〟は自分の外のどこかにある。だから、さっさとそれを見つけて勝者になれ」というのは、この世のどこかに「成功の鍵となるような正解」が存在しているということを、前提にしてのことです。

「近代化しないと勝てない」と思われていた時代の「正解」は、「近代化する」です。「軍国主義にならないと勝てない」と思われていた時代の「正解」は「軍国主義になる」で、その軍国主義が負けてしまうと、もう「軍国主義になる」は間違いで、「正解」は「民主主義になる」です。

でも、民主主義はスタートラインです。これだけでは「勝った」もへったくれもありません。勝つためには、金儲《かねもう》けです。民主主義になったんだから、みんなで一緒に頑張って金儲けをします。

頑張れば金儲けが出来る時代には、そうむずかしい理屈はいりません。ちょっと頭を使って頑張って働けばいいのです。

日本人は頑張って働いて金儲けをして豊かになります。そうすると、その一方で「あくせく働くだけでいいのか?」という疑問も生まれて来ます。だから、高度成長からバブルの時代へかけては、「人生論」という種類のハウツウ本がたくさん生まれます。

皮肉な見方をすれば、これは「ある程度の豊かさがあるからこそ、余分なことも考えられる」で、「まだそんなに豊かではないが、〝自分の幸福を考える〟ということが出来る程度に幸福な時代」です。しかしこの幸福は、すぐになくなってしまいます。どうしてかと言うと、「なにが幸福か」なんてことを考える必要がないほどの金が、日本人の懐《ふところ》に入ってしまうからです。

金があれば「幸福」なんですから、もう「幸福とはいかなることか」なんてことを考える必要がありません。「幸福」とは、「持っている金の使い方を考えること」になるからです。だから、この時代には、「こうすればもっと金持ちになれる、こうすればもっと成功者になれる」という種類のノウハウ本が盛んに登場します。「金があればその先は幸福」なのですから。

バブルの時代は、みんなが金持ち気分にひたれた時代ですから、「あなたも金持ちになれる、成功者になれる」は間違いじゃありません。でも、そのバブルがはじけてしまいますから、「さァ大変」です。

日本のバブルがはじけた頃、貿易戦争で日本に負けていたアメリカは、ＩＴと金融を武器にして、再び「世界の勝者」になってしまいます。日本は負けたけれども、海の向こうには「勝者」がいます。つまり、「海の向こうには正解がある」で、「その正解を学べ」です。やり方としては昔ながらで、間違ってはいないみたいですが、でもそれは錯覚でした。海の向こうにも、もう「正解」はないのです。

リーマンショックというものがやって来て、アメリカが勝利していた金融経済に疑問符が付きました。「もう先進国には世界経済を引っ張って行く力がない」ということになって、新たなる「正解」は、アメリカとは反対側の「海の向こう」である中国にあるのではないかと思われるようになりました。

私ももうめんどくさくなって来たので、「いろいろあって」で片づけてしまいますが、中国だってそう頼りにはなりません――というか、そちらにも問題はあります。「なにを頼ればいいのか」ということになると、もう世界には「頼りになる正解」がないのです。

どこかに「正解」があるのだったら、それを探そうとするのには意味があります。でももう「正解」がなかったら、それをしても意味はありません。

教養主義的な考え方は、「どこかに正解がある」ということを前提として、それを探すために「知識」をいっぱい集めます。でも、その「正解」がなかったら、それは無駄です。だから、この章の初めに戻って、私は「もう教養主義的な考え方から脱すべきだ」と言っているのです。

そもそも、「正解」というのは初めからどこかに存在しているものではなくて、「自分で考え出すもの」なのです。どこかにあるにしろ、自分で考えて「これか」と思えてこそ、「正解」にはなるのです。「知識」を仕入れて、それだけで「なんとかなるんじゃないか」と思っているのは、錯覚なのです。

「考え方」はそう簡単に変えられない

「教養主義的な考え方から脱すべきだ」と私は言っていて、それはつまり、「考え方を入れ換えるべきだ、考え方を変えるべきだ」ということです。

しかし、「考え方」はそう簡単に変えられません。人間の頭の中には「自分なりの思考習慣」というものが出来上がっていて、それは習慣的に積み上がった「自分」そのものだから、そう簡単には変えられないのです。だからこそ、「考え方」を入れ換える時には、ベースとなる「自分の思考習慣」をそのままにして、その上に「新しい考え方」という知識を載っけるのです。

「自分のあり方は損得で決める」というのが日本人一般の思考習慣で、その上に「今の考え方」を知識としてマスターして載っけるのが、日本人のやり方です。だから、「それを分かっていて、〝考え方を変えろ〟と言うのなら、役に立つべき〝新しい考え方〟を教えろ」ということになるはずです。そうではないでしょうか？ところが、この「考え方を変えるべきだ」と言う私は、一向にその「新しい考え方」を提出しないのです。

この本の初めで、私は「この本はなにかの役に立つような実用性のある本ではありません」と言いました。だから私は、役に立ちそうな「新しい考え方」を提出しないのです。

「こう考えたらいいですよ」と、新しい考え方を「知識」として教えることは、「やめた方がいいですよ」と言っている「教養主義的な考え方」になってしまうのです。私はそう思うので、「こういう考え方と入れ換えましょう」なんていう、役に立つことを言わないのです。

はっきりしていることはただ一つ、「考え方はそう簡単に変えられない」です。だから、「変えた方がいいんだけど、でもそう簡単に考え方は変えられないから、〝さっさ〟とではなくて、のんびりと時間をかけて変えて行くしかないのだ」とお思いになればよいのです。

それが私の言う、唯一の「役に立つこと」かもしれませんから、やっぱりこの本は「なんの役にも立たない本」なのです。

ここで終わると怒られるので、話はもう少し続きます――。

第五章　「負けない」ということ

やっとここで「知性の話」

私は、「もう教養主義的な今までの思考習慣を捨てて、考え方を入れ換えるべきだ」と言って、でも「考え方なんてそう簡単に変えられないから、しばらくはそのままの考え方を続けて、〝それでどう考えたらいいのかな?〟とぼんやりしていればいい」と言っています。今更、外の基準に合わせて「自分の考え方はなにかの役に立つのかどうか」なんてことを考えていたってしょうがないのです。

二十世紀で「変化の仕方」の主役となるのは「革命」でした。でも、「うっかり革命なんか起こすと大混乱が起こって、その後の始末が大変だ」ということが分かってしまったのが二十一世紀です。だから、「今までの考え方じゃだめだ! なんだか分からないが〝新しい考え方〟に全取っ換えだ！」などと思って頭の中に革命を起こすと、頭の中に混乱が生まれるのが関の山です。

「今までの考え方」はそう簡単に抜けないのですから、しばらくはそのままにして、あまり役に立たない「考えることの根本にあるもの」を考えてみたらどうでしょう？

つまりは「知性」のことですが。

「これは知性に関する本です」と初めに言っておいて、そのくせ私は「知性の話」なんか一度もしていません。私の話はずっと、「知性はこのように負けている」だけです。『負けない力』のくせに負けてばかりいるのも情けないので、ここらで改めてというか、やっと、「知性の話」になります。

知性のある人は、「私には知性がある」などと言わない

まずはっきりさせておきたいのは、知性のある人は、「私には知性がある」などとは言わないということです。

知性があるかどうかは、他人の決めることで、自分の決めることではありません。

だから、この「知性に関する本」を書く私は、自分に知性があるのかどうかが分かりません。それで、「私には知性があるので、私の知性の身につけ方をお教えしましょう」というような、分かりやすくて役に立つことが書けないのです。

私は自分で、「自分に知性がないってことはないだろうな」くらいのことは思いますが、真面目な顔をして「俺には知性がある！」などと断言することは出来ません。そんなことを言う機会があるとしたら、それはかなり追いつめられて開き直った時だけです。なにしろ私にとっての知性は「負けない力」ですから、追いつめられてしまったら、「俺には知性がある！」という発動をしてしまいます。

知性に関して、「ないってことはないだろうな」と思う程度の私ですから、「自分にはどの程度の知性があるか」なんてことは分かりません。知性というのは、「ある」か「ない」かのどっちかでしか判断出来ないもので、そもそも数値化が出来ないのです。

知性を数値化するのなら、そのためのモノサシが必要で、数値化する手段――つまりテストも必要ですが、そういうものは存在しません。知識の量を測るテストは、知識の「量」を測るだけで、「知性」には届きません。「知能指数」という数字だって、知性の度合いを測る数字ではなくて、そもそも「知性」というものがどういうものかははっきりしないのですから、「知性の度合いを測る」ということ自体が無理です。知性はただ、「あるか、ないか」でしかないのです。

おまけに、「自分のことなら自分で分かるだろう」という言葉があるにもかかわらず、知性は「自分に知性があるのかどうか」が分かりません。分かるのはただ、「他人の知性のある・なし」です。

自分に知性があるのかどうかは分からないが、でも、他人に知性があるのかどうかは分かる——それが知性の第一の機能で、もしかしたら、機能はそれだけかもしれません。

他人に知性があるのかないのかが分かる——つまり、「知性のある他人」を見て「あの人は知性があるな」と分かる、なんていうのは当たり前と思われるかもしれませんが、そうそう当たり前のことではありません。

筋の通ったまともなことを言われても、「うるせェな、知らねェよ！　わけの分かんないことをゴチャゴチャ言ってんじゃねェよ！」と拒絶してしまう人はいくらでもいます。「自分が一番えらい、自分こそ物事が分かっている」と思うから、他人の言うことが聞き入れられない──つまり、「自分以外の他人の中に存在する知性」が認められないんですね。

「他人の知性が理解出来ない」というのは、その当人の中に知性がないということです。

「俺はだいたいのことなら分かるぞ、頭がいいんだぞ」と言っている人が、自分以外の人の「まともな意見」が理解出来ないというのはよくあることで、そこには「あいつなんかが俺より頭のいいはずはない」という嫉妬も隠されていたりはするのですが、結局は「他人の知性」が認められないのです。

いくら「頭がいい人」ということになっていても、「他人の知性」が認められない人に知性はないのです。

「他人の知性」を認める能力

知性というのはまず、「自分の頭がいいかどうかは分からないが、あの人は頭がいい」というジャッジをする能力です。この本の初めの方で、「知性は〝頭がいい〟とは違うもの」と言いましたが、このように違います。

たとえば、「頭のいい人」は、平気で「自分は頭がいい」と認めてしまいます。それを人には言わないまでも、自分で自分のことを「頭がいい」と思ってしまいます。「頭がいい」というのは、「学校の勉強がよく出来た」というような根拠によって簡単に思い込めるシンプルなものですが、知性はもっと複雑です。知性というものは、「自分には知性があるのか？」という自問に対してでさえ、きっぱりとは答えられません。

それは、「あったらいいな」の願望や、「あると思うんだけどな」の推量形で存在して、でも「ある」とか「ない」とかきっぱりとは答えられないものです。

自分に知性があるのかないのかが分からないのですから、知性は頼りになりません。「自分には知性がある！」としっかり自覚出来ていればえらそうにもなれますが、それが普段ははっきりしないのですから、てんで頼りになりません。でも、知性とはそういうものなのだから仕方がありません。「〝私には知性がある〟などと言ってはいけないのが知性だ」と思うしかないのです。

では、どうして「自分には知性がある」などと言ってはいけないのでしょうか？

それは、そんなことを言ったり思ったりすると、その途端、「自分の中にあったかもしれない知性」がガタガタと崩れてしまうからです。

知性というのは、「あるか、ないか」のオール・オア・ナッシングです。だから、「あの人は私より知性がある」とか、「私はあの人より知性がある」ということはありえません。「あの人の中には知性がある」と思った途端、そう思うあなたの中には知性がないのです。

知性というのはそういう関係性の中にあって、「あの人には知性がある」と思ってなくなってしまったあなたの知性は、「知性がある」とあなたに認められた人から、「私にそんなものはありません。あなたにこそ知性はあるのです」と言われでもしないと、復活しないのです。

知性というのは、「他人の中」に見つけるもので、「自分の中」に見つけるものではありません。だから、追いつめられた時になって、「負けない力」である知性はやっと登場するのです。

たとえば「成績が悪くて勉強の出来ない子」がいます。なんらかのデータによって、あなたは「自分より下だ」と思っていますが、その「成績が悪くて勉強の出来ない子」がなにかの拍子に、あなたをドキッとさせるような鋭いことを言います。別にあなたの悪口を言ったわけではなくて、「え?! こいつにこんなすごいことが言えるの?」というような「鋭いこと」を言うのです。

あなたはそれで驚くのですから、その子にはあなたを驚かせるだけの知性がありま す。あなたはその子の発言に驚いたのですから、あなたには「こいつには知性がある」というジャッジが出来て、その程度にはあなたにも知性があるのです。

つまり、あなたに「こいつには知性がある」と他人をジャッジ出来るだけの知性はあっても、それ以外には知性がないということです。

知性は数値化が出来ずに「あるか、ないか」の二択だけですから、あなたが「あいつには知性があるんだ」と思ったら、その瞬間、「あいつ＝知性がある、あなた＝知性がない」になってしまうのです。「なんかへんだな」と思うかもしれませんが、あなたが「成績が悪くて勉強の出来ない子」の発言に驚いたのは事実です。それはつまり、あなたにその子のしたような発言が思いつけなかったということですから、あなたに「そういう知性」はなかったのです。

知性には「出題範囲」がない

知性には「出題範囲」のようなものがありません。どこにでも「考えるべきこと」はあって、「ここにも考えるべき問題はある」という発見をしてしまうのが知性です。

知性は、「決まった出題範囲の中に存在する答を探し出すもの」ではありません。知性は「問題を発見してしまうもの」で、「出題範囲」などというものをあっさり無視して飛び越してしまいます。

あなたが「成績が悪くて勉強の出来ない子」の発言に驚いたのだとしたら、その子は、あなたが気がつかないような「問題」が存在するのを発見してしまっていたのです。

知性は「あるか、ないか」の二択です。あなたが「この人には知性がある」という発見をしたのなら、その時その人は、あなたの知らなかった「問題」を発見していて、あなたはそこに「問題」が存在していることに気づけなかったのです。

更に致命的なのは、あなたが「こいつの口からまともな発言なんか飛び出すわけがない」と、相手を見くびっていたことです。見くびっていたからこそ驚いたのであって、それはつまりあなたが「知的発言が出て来るのなら、だいたいここら辺の範囲のやつから」と、人にさえも「範囲」の枠をはめていたということです。「出題範囲」のない知性は、どこの誰から飛び出すかは分からないというものでもあって、それに気がつかないのだったら、知性は失格です。

そして、もしもあなたにここで私の言っていることが分からないのだとしたら、その理由は簡単です。それはあなたが「知性があるのはこういう人」という範囲を勝手に決めて、それ以外の人の知性に気がついたことがないからです。あなたは、「自分より下」と思える人の発言に耳を傾けないので、そういう人の言う「的《まと》を射た」と思えるような発言に、遭遇することが出来なかったのです。

「答」を見つけるよりも、「問題」を見つける方がずっとむずかしい

知性は、「答」を見つけるのと同時に、「問題」も発見します。

「〝問題〟なんか発見したって、その答が見つけられなければなんの意味もないじゃ

ないか」と思われるかもしれません。でも、「そこに問題がある」ということに気がつかなければ、「答」なんかは永遠に見つけられないのです。

重要なのは「問題」を発見することで、「答」を発見することではありません。「ここに問題がある」ということが発見出来れば、遅かれ早かれ、その問題を解くということは起こります。「問題を発見する」ということが重要なのは、その発見した「問題」が、自分にとって意味のある問題だからです。

人生相談というのは、自分の抱えている「問題」を他人に相談してなんとかしてもらうことですが、どうしてこれに答える人間は、自分とは関係ない「他人の悩み」なんかに答えることが出来るのでしょう？　別にそうむずかしいことではありません。悩みを訴える人は、自分で「自分の問題」をまとめてしまっているからです。

自分で「問題」を整理しなければ、他人に相談なんか出来ません。だから「自分の悩んでいることはなんだ？」と一生懸命考えます。他人から見れば、それは「モヤモヤが収まって、解決まであと一歩」というような状態なのですが、相談者は「解決出来ない自分の問題」をかき集めてまとめるのに精一杯なので、「ほら、その先に答が見えてるじゃないか」という気づき方が出来ないのです。

人生相談というのは、相談者が「私の悩みはこういうものです」と言った段階で、うっすらと答が見えているようなもので、全然知らない相手に対しての方がそういう分かり方が出来ます。なまじに知っている相手から相談を持ちかけられると、相手の話を聞く前や聞きながら、「こいつがなんの相談をするんだ?」などと考えて、相手がまとめようとする相談事の内容をまぜっ返したり、適当なところで「分かった、分かった」と言って最後まで聞かなかったりして、「なにが問題か」というところを明確にさせなかったりしてしまいます。だから、「知らない相手の相談」の方が、「問題」がはっきりしている分だけ、答えるのが簡単なのです。

時には、なにを相談しているのかさっぱり分からない人がいます。そういう人には、「あなたの最大の問題は、自分がどういう問題を抱えているのかよく分かっていないことです」と言うしかありません。

「考える」というのは、問題を発見し、その問題を解くことですから、「答」を求めるのに性急な人は、その「問題とはなにか」を考えることがめんどくさいのです。つまり、「〝考える〟ということは自分以外の誰かがやっていて、自分はその〝答〟を拾うだけでいい」と考えているからです。だから「自分の問題」を提出することが出来ず、問題は当然のこととして解決しないのです。

コンピュータの分からないこと

今や「人間に代わって〝考える〟というめんどくさい行為をして答を見つけてくれる道具」であるコンピュータというものがあります。だから、「めんどくさいことを言わずに、ネット検索」ですみます。

コンピュータは、簡単に人間に「答」を与えてくれます。「与える」というよりも、「見つけてくれる」でしょうが、うっかりするとその能力こそが「頭がいい」なのだと勘違いする人もいるでしょう。でも、「答」を見つけ出す能力の高いコンピュータは、「問題」を発見したりはしません。「問題」を発見するのは人間で、「問題を発見しろ」という指令を出したり、あらかじめ「こういう問題を発見しろ」という回路が仕込まれていなければ、コンピュータは「問題」を発見なんかしません。

どうしてコンピュータが自分から進んで「問題」を発見しないのかというと、それはコンピュータが生き物ではなくて、機械だからです。

生き物が「問題」を発見したり気づいたりするのは、危機を察知する必要があるからで、つまりは、自己保存の本能があるためです。しかし、機械にはそんなものがありません。だから、「故障しました」という表示が出たとして、「その内に故障するかもしれません」という表示は出ません。エネルギーの残量を表示するカウンターがあって、「もう少ししたら燃料切れです」と教えてくれはしても、分かるのはそこだけで、コンピュータは「自分の中に存在する問題」に気づけないのです。

人間が「自己保存の本能とはどんなものか」とそのシステムを解明してしまったら、コンピュータだって、自分で「問題」を発見するようになるかもしれませんが、そんなことをしない方がいいでしょう。コンピュータにとっての最大の危機は「壊れる」ではなくて「壊される」ですから、そういう「問題」があると気づいたコンピュータは、それを回避するために、「自分を壊そうとする者を倒す機能」の獲得を目指すでしょう。つまりは「武装」で、そうなると、暴走するコンピュータを止めようとする人間は、コンピュータによって殺されてしまいます。コンピュータに「自己保存本能」なんかを与えない方がいいのです。

人間は普通、「答」を探すことにあくせくしています。「問題」なんか見つからない方がいいですから、「問題を発見する」ということをあまり大切にしません。だから、「答を見つけるより問題を発見する方がむずかしい」なんてことを言われても、なんだかよく分からないのですが、「自分のこと」を考えてみればいいのです。

「自分の中の問題」が一番見つけにくい

自分のことを「なんかへんだな」と思いはしても、なにがへんなのかが分からないということはありませんか？　自分の中に「問題」があるような気がして、でも本当に「問題」があるのかどうか、あるいはまた、それがどんな「問題」であるのかが分からないのです。

体調が悪かったら医者へ行きます。「どこが悪いのか」を分かってから行くのではなくて、「なんだか様子がへんだから、原因を調べてほしい」と思って行くのです。「自分はなにかヘマをしたような気がするのだけれど、それがなんだかよく分からない」ということだってよくあります。「自分のことなのに自分ではよく分からない」というのはままあって、そういう時は周りの人に「なんかヘマしたような気もするんだけど、それ知ってる?」などという不思議な尋ね方もします。「自分のことだから自分でよく分かる」ではなくて、「自分のことだから視野にバイアスがかかって見える範囲が限定されて、よく分からない」になるのですね。人生相談で「自分の悩み事が整理出来たら、ほぼ解決に近い」というのはこんなことで、だからこそ「問題を明確にしてくれる客観的な他人の視点」が必要だと思えて、「他人の知性」というものの存在にも気がつけるのですね。

「自分のことがよく分からなくなってしまった人のために他人の視点を提供する」ということを仕事にするのが、カウンセラーです。

「なんだかよく分からないけれど、自分は問題を抱えているのかもしれない」と思う人の話を聞いて整理をして、「あなたはこういう問題を抱えているんじゃないですか?」とアドヴァイスをします。そういうことが「職業」として存在してしまうのですから、自分のことであっても、あるいは自分のことだからこそ、「問題」を発見するのはむずかしいのです。

「答」であるような「知識」ばかりを求めて「知識の量」を誇っても、「問題を発見してそれを解く」ということの重要性に気がつかなかったら、思考の放棄です。そんな人の中に「知性」は存在しなくて、他人の中に存在する「自分とは別種の知性」にだって気がつけないでしょう。

どうして「自分は世界で一番頭がいい」などと思ってしまうのだろう

もちろん、他人にも知性はあります。それに気づくのが人間の知性というものですが、でも人間は、うっかりすると「自分は世界で一番頭がいいんじゃないか?」なんてことを考えてしまいます。私も子供の時、天井についている蛍光灯の紐《ひも》スイッチに長い紐をつけ足して、寝たまま蛍光灯をつけたり消したり出来るようにしました。そして、「すごい、こんなこと発明したのは、世界で僕一人かもしれない」と思いました。

その時の私は、「自分が世界で一番頭がいいということになると、なにかいいことがある」と思っていたのでしょう。そして、自分以外の他人がどんなことを考えているのか、よく知らなかったのです。「井の中の蛙《かわず》、大海を知らず」とはこのことですが、どうやら人間は、「自分は頭がいい」と思いたがる生き物なのです。

「自分は頭がいい」と思ってしまって、すぐに「自分はすごく頭がいい」と思ってしまいます。「頭がいい」というのは「頭の中のこと」で、自分一人の頭の中のことを問題にしていると「他人」というものが見えなくなりますから、「自分は頭がいい」は、すぐに「自分はすごく頭がいい」になって、「もしかしたら自分は世界一頭がいいのかもしれない」になってしまいます。そして、人は推量形でいつまでも判断を保留しておくのが苦手ですから、「かもしれない」はいつの間にかなくなって、「自分は世界一頭がいい」というところへまで簡単に行ってしまいます。

「自分は世界一頭がいいかもしれない」と思うのはご愛敬《あいきょう》で、まァ結構ですけれど、「そりゃ間違いだ」です。だって、どうすれば「自分は世界一頭がいい」なんてことを証明出来るんでしょう？　「頭のよさ比べ」をするために世界中を歩き回ってそんなことをしたんでしょうか？

ネットが発達したおかげで、直接人同士が顔を合わせなくても、「全世界同時頭のよさコンテスト」なんかが可能になって、そのチャンピオンが決まったりするのかもしれません。でも、それは所詮《しょせん》「クイズ王」のようなもので、チャンピオンが「出題された問題に一番多く答えられた人」ではあっても、頭がいいのかどうかは分かりません。

それは「出題された問題に今のところ一番多く答えられた人」でしかないので、本当に「世界で一番頭のいい人」を決めるのなら、エンエンと出される問題に答え続けなければなりません。

おまけに知性には「出題範囲」がなくて、それは「答を見つける能力」であるよりも「問題を発見する能力」であるわけですから、どこかの誰かが「こういうのはどうですか？」と言って「予想もしなかったような問題」を出して来たら、その「頭のよさコンテスト」は成り立たなくなってしまいます。

一度カタがついたとしても、「こういう問題はどうですか？」と新しい問題が出されたら、そのたんびにコンテストはやり直しです。なにしろ、知性には「出題範囲」がないのです。「これならどう？」という問題は、いくらでも出て来るはずです。

知性のあり方としては、「世の中にはいろんな人がいるから、自分が一番頭がいいということはありえないな」と思うことが正しくて、そのことから考えると、「〝誰かが世界で一番頭がいい〟なんてこともありえないな」ということになってしまいます。

「そうかな？」と思っても、三回くらい頭の中で転がすと、「そうだな」という気にはなるはずです。なにしろ「頭がいいコンテスト」には、「なにに関して頭がいいのか」という部門が無数にあるのですから。フィクションの世界で、「私が一番頭がいい」なんてことを言う人が、すぐに「自分より頭がよさそうな人」を滅ぼしたがるのもそのためで、「自分より頭のいい人」はいつでも出現しうるのです。

そういうものであるにもかかわらず、うっかりすると人間は、「自分は世界で一番頭がいい」なんてことを思いたがる方向へ行ってしまいます。なぜでしょう？

「謙遜《けんそん》」について

実は私が今まで語って来た「知性に関する話」は、「謙遜に関する話」でもあります。

広い世界には人間がいくらでもいます。だから、「自分が一番頭がいい」とか「自分だけが頭がいい」なんてことはないだろうなということは、ちょっと考えれば簡単に予想出来ます。なにしろ「自分以外の人間」は世界にいくらでもいるのですから。

そういうことを理解するのが知性ですが、「そもそも知性というものは——」などというめんどくさい話をしなくても、別のものを持ち出してしまえば、話はもっと簡単になります。つまり「謙遜」です。

「私はそんなにたいした者じゃありません」と言うのが、謙遜です。それが事実であろうとなかろうと、「私は頭なんかよくないですよ」と言うのも謙遜です。「謙遜」という機能を使えば、「どう考えても自分が世界一頭がいいなんてことはありえないな」という答は簡単に出ます。

「謙遜を知るということが知性ですか？」と問われれば、「謙遜」も知性の一部ですから、まァそうです。

この本の初めの方で、私は「モラルとかマナーというようなものまで含んだ複雑なものが知性だ」と言いました。だから、「謙遜する」というのも知性の働きの一部です。そういうものだから、知性は平気で「私はそんなに頭がよくありません。私に知性があるかどうかはよく分かりません」と言ってしまいます。そういう人が「知性に関する本」を書いたって、別に矛盾でもなんでもありません。書けてしまえばそれでいいのです。

知性というのは、「自分は頭なんかよくありません」と言ってしまうものですから、「頭がよくなければ勝者にはなれない」という思い込みのある世の中では、なんの役にも立ちません。でも、それでも「知性」というのはそういうものだから、仕方がありません。

一般に、「謙遜というのは、日本人だけが〝美徳〟だと思い込んでいるへんな風習で、世界では通用しない」などと言われています。「人に物を贈るのに、なんだって〝つまらない物ですが〟なんてことを言うんだ？　そんなことを言う必要はないじゃないか」と批判されたりするのが、謙遜です。

でも「相手の都合」なんかは分かりません。こっちが「いい物を贈るんだ」と思い決めていても、相手にとっては「たいしてほしくもない物」だったりします。そういうことがあるから、自分にとっては「自信のあるいい物」であったりしても、「つまらない物ですが」という謙遜をくっつけるのです。あるいは、「お気に召すかどうか分かりませんが」とか。

それを受け取った側が見て、「なるほどつまらない物だ」とか「お気には召しませんよ」などと相手の目の前で言ってしまったら、それは「ものを知らないバカ」です。

黙って礼を言って受け取って、文句を言うのなら、贈った相手がいなくなってから、「余分な物を持って来たな」と言えばいいのです。「なんでそんなめんどくさいことをするんですか?」と言われても、それが「謙遜」というものを存在させる社会のルールであり、マナーなのです。

ことは、「相手」という他人が存在するシチュエイションです。その相手に「なにか」を贈る必要が生まれてしまいました。でも、その相手がどんなものを喜んで受け取るのかは分かりません。だから、「つまらない物ですが」とか「お気に召すかどうかは分かりませんが」という保留を付けます。その保留が「謙遜」です。

「大体合っているとは思うけれど、本当のところはどうか分からない」と思えばこその保留で、それが結果「あまりお気に召さない物」であったとしても、「だから〝つまらない物ですが〟と言っておいたじゃないか」という申し訳が、自分に対しても相手に対しても立ちます。後になって「気に入らないって言ってたよ」という話を聞いたとしても、「あ、そうなんだ」ですんで、分からなかった相手の嗜好《しこう》が少し分かります。相手が「つまらない物贈って来やがって」と怒っていると知ったとしても、「こっちは初めっから〝つまらない物ですが〟と言ってるじゃないか」と、開き直れるし、怒ってしまうその相手の程度も分かります。そういう「よく分からない相手」との関係を成立させるための防衛力が、謙遜なのです。

「私はそんなに頭がよくありませんよ」と相手が言うのをそのまま受け取って、その相手をなめたらひどいことになるかもしれません。

「私はそんなに頭がよくありません」と言うのなら、その人は「ある程度以上」は頭がいいのです。たぶん、そうでしょう。

「私は頭なんかよくありませんよ」と言う人がいても、その人がもしも「とんでもなく頭のいい人」の存在を前提にして、「私なんか全然バカですよ」と言っているのだとしたら、その人は「相当に頭のいい人」になってしまいます。

本当のところは分かりませんが、ある程度の自信がなかったら、「私はそんなに頭がよくありません」なんてことは言えません。それはつまり、「私の言うことをそのまま受け取っていると、ひどい目に遭うかもしれませんよ」と言っているのと同じなのです。

「人が下手《したて》に出てりゃいい気になりやがって」という啖呵《たんか》も昔にはありましたが、謙遜というのは、それを可能にする専守防衛の備えであったりもするのです。

「謙遜」という名の防衛力

今のところ、「謙遜」というのは日本人だけのマイナーな風習で、世界の多数派は、自分を低く見せたりなんかせず、自分をやたらに多く盛ってアピールするゴリ押し系の文化で、「謙遜なんかして下手に出ていたらなめられるからだめだ」と言われたりもします。

微妙な話ですが、それは「謙遜しているからだめ」なのではなくて、「当人がびくついて、謙遜ではなく卑屈になっているからだめなのだ」というだけの話です。

謙遜というのは、むずかしい言い方をすれば、「相手のありようを前提にして、自分のあり方を暫定的に低く設定すること」です。身分制の社会なら、「身分の高い人の前ではへりくだっていなければならない」ということにもなりますが、今の世の中は身分制の社会じゃありません。だから、「自分のあり方を暫定的に低く設定する」です。

なぜそんなことをするのかと言えば、そこによく分からない相手がいるからです。

相手のあり方を無視して、一方的に「自分はこんなにえらいんだぞ」と思えるようなことを言ったら、相手は気を悪くします。だから、自分を低めに設定するのです。バカな相手ならそれを「謙遜」とは思わず、そのままに受け取ってなめて来ます。まともな相手なら、「これは謙遜だな」と理解して、謙遜の結果高く持ち上げられてしまった立場から下りて来ます。バカ相手には通用しませんが、謙遜にはそれだけの力がありますす。それはつまり、「こっちが下りたんだから、そっちも下りるのが礼儀だろ」と言う力です。

謙遜というのは、「なめたらいけませんよ」という強制力を隠し持って、相手の出方を待つ、人との対峙法《たいじ》であったりするのです。

謙遜とは反対の自分を高く盛る人は、相手のことを考えません。第一に考えるのが「自分の立場」で、自分を低く見せないように、相手を威嚇《いかく》するために自分を高く盛るのです。なにかの動物と同じです。

であるにもかかわらず、謙遜の方はあまりよく言われません。「封建制の遺物だ」とか、「グダグダと余分なことを言って煩わしい」とか、「謙遜なんかしてるからちゃんとした自己主張が出来ない」とか。

既に言いましたが、謙遜は卑下《ひげ》や卑屈とは違うのです。本当はえらいのに一段下げるのが謙遜で、謙遜しながらだって自己主張は出来るのです。

たとえば、武士が自分のことを言う「拙者《せっしゃ》」ですが、これは「つたない者」です。自分のことを「取るに足りない者です」と謙遜して、「拙者」というのですね。この「拙者」が自分の考えを人に言うとなると、「拙者、愚考《ぐこう》いたしますには」というような前置きを付けます。そのまま受け取れば、「取るに足りない私が愚かなことを考えましたが――」です。それをそのままにして「バカがなにかを言っている」と思ってしまったら、もうアウトです。この「拙者」が自分の考えを「愚考」なんていうのは、「もしかしたら、あなたはもう思いついているかもしれないし、〝下らない考えだ〟と思われるかもしれないけれど」と、相手のあり方を考えてのことです。

謙遜というのは、なんでもかんでも自分のポジションを下げるというのではなくて、「相手のあり方」を想定した上で、自分を下げるのです。「相手のあり方込み」の話で、一方的な「自分一人の主張」ではないので、話はまどろっこしくなります。でもその話の中に、うっかりすると破裂して「お前はバカだ！」というダメージを相手に与える地雷がいくらでも隠してありますから、危険さを考えれば、ただ高飛車に出て「自分の立場」だけを主張する人より、もっと危険です。

謙遜が世界の少数派の立場であったとしても、「相手の立場を尊重する」とか、「相手にもまた立場がある」と考えることは重要なことです。交渉事や他人と接する時にいきなり高飛車に出るのは野蛮なことで、「自分を低く見せることによって相手を交渉事のテーブルに着かせる」というあり方は、将来当たり前になるでしょう。単純に「自分の立場」を主張するだけの議論は、簡単に足をすくわれてしまいますから。

なにしろ謙遜は、しぶとくて周到なのです。

人はどうして「勝とう」と思うのだろう

もしかしたら私は、えんえんとめんどくさい話をしているだけなのかもしれませんが、「世の中にはいろいろな人がいるから、自分より頭のいい人はいるだろう」と思うのは自然なことで、だからこそ「自分はそういう人には勝てないな」と思うのも当たり前で、初めからその前提を受け入れて自分を低く設定する「謙遜」も、知性のあり方にのっとった当たり前の考え方です。つまり、人間にとっての正しいあり方は、

「勝とう」と考えるよりも、「負けない」と考えることだということです。

「猛獣同士を戦わせてなにが一番強いか決めよう」なんていうのは、人間だけが勝手に考えることで、そもそも動物は無用な戦いなんかしません。

既にご承知のこととは思いますが、それぞれの動物には「テリトリー」という「自分が生きて行くための縄張り」があります。そのテリトリーに、自分あるいは自分一族のもの以外の侵入は認めません。だから、余計なものが入って来ると威嚇し、それでも出て行かないと戦って追い出します。動物にとって重要なのは、自分のテリトリーを守って負けないということですから、動物は大帝国なんかを作りません。

よく考えたら、人間だって「勝つ」必要はないんですね。負けなければいいんです。どこかから侵略者がやって来たのを追い払って「勝った！」と言うのは分かりますが、でもそれは正確には「負けなかった」ですね。

「負けない」だけでいいのに、どうして人間はその上の余分な「勝とう」という考え方をしてしまうのでしょう。一度だけ「勝つ」のならまだしも、どんどん勝って、自分のテリトリーである支配領域や君臨出来る部分をどんどん増やそうとします。「天下取ってやる！」とか、なんでそんなに勝ちたいのでしょう？ その理由を少し愚考してみます。

まず、「周りに敵がいっぱいいるから勝たなければならないと思う」という事情が考えられますが、それは「勝たなければならない」ではなくて、「負けないようにする」が本当ですね。「負けない」のままでいると、敵であるような相手は、「勝てないから相手にするのはやめよう」と引いてしまいます。「負けない！」だけですむところを、一歩進んで「勝ちに行く、敵を殲滅《せんめつ》する！」というところまで行ってしまうのは、「負けないだけでは安心出来ない」という不安があるからでしょう。

自分の内部になにかめんどくさいものを抱えていて、そのうさばらしや八つ当たりで戦いに向かうというのもあるでしょうね。失恋した女性は「きれいになってやる！」などと言って復讐を誓ったりもしました。「内政に行き詰まると、国民の目をそらすために敵を国外に想定して戦争を始める」ということも、昔にはありました。「勝つ」という行為に取り憑《つ》かれてしまって、「勝ち続けなければ気がすまない」という依存症状態になってしまう人もいます。

それで、あまりにもあっさりした結論ですが、「なんらかの不安状態」を抱えた人間は、「勝つ」という過剰がなければ収まらないということではないのかと、私は勝手に考えます。

人間が当たり前に武器を携帯していた時代の日本には「蛮勇《ばんゆう》」という言葉がありました。被害の大きさも考えずに無茶苦茶なことをしてしまう、当人にすれば「勇気」とか「大胆さ」であるようなことが、冷静な他人の目で見ると「蛮勇」になります。「戦うこと」を当然とする時代状況では、「うかつなことをして無駄なダメージを受けるのは愚かだ」と考えるのが常識です。イノシシには失礼ですが、「蛮勇」だけの武士を「イノシシ武者」と言いました。「なにも考えずに突進する愚か者」のことです。「戦う」ということが日常的にありうる段階だと、「戦う＝勝つ」に対して冷静な目が向けられます。一方、「戦う」ということが日常から遠ざかってしまうと、人は「なにか」をへんな風に刺激されて、要もない戦いに「勝ってやる！」などと考えてしまうのかもしれません。どこかの国の総理大臣が「積極的平和主義」なんていうことを言い出しましたが、これが現実認識を欠いた「蛮勇」でないことを祈りましょう。

恐竜はものを考えなかった

それで、「なぜ人間は不安になるのか?」です。ずいぶん大きく出たもんですが、私はある時、「そうなのか――」と思ってしまいました。

その時私は、ぼんやりしてテレビのチャンネルをあちこち替えていました。そうしたらNHKの教育テレビで外国製の「恐竜に関する番組」をやっていました。タイトルは忘れました。もう終わり近くで、番組のMCのような人が、古生物学者に「最後に――」と言って尋ねていましたが、それは「今でも恐竜が生きていて、知能を持っていたらどうなるでしょう?」という質問でした。アメリカかイギリス制作の番組で、そう尋ねられた古生物学者は「ありえない」と一蹴していました。

その古生物学者によると「恐竜が絶滅したのは地球に大きな隕石が衝突した結果で、恐竜に責任はない」ということで、「おまけに恐竜という類は二億年近くの時間を生きていて、そんな長い間〝知能を発達させる〟という方向へ進まなかったのだから、どう考えても恐竜には〝知能を持って発達させる〟という必然と可能性はなかった」です。

恐竜が栄えた中生代は、二億五千二百十七万年前から、六千六百万年前までの間の二億年ばかりの間で、その間恐竜はなにも考えず、ただ食って生殖して体をでかくすることばかりやっていました。地球の条件が整っていたからといって、二億年近い間「脳味噌を発達させる必要」がなかったというのは、とんでもないことです。

ホモサピエンスが登場したのが二十万年くらい前で、古代文明が生まれたのが今から五千年くらい前です。ということになると、「なんで人類は、そんなにもせっかちに知能を発達させなきゃならなかったんだろう?」という気もしてしまいます。

なぜでしょう? きっとなんかがあったんですね。一番簡単で手っ取り早い答は、恐竜が絶滅するのを目の辺りにした人類の祖先が「このまんまじゃやばい、ものを考えないとだめだ」と思ったからですが、恐竜が絶滅した頃に「人類の祖先」なんてものはまだいなくて、哺乳類自体が「ネズミくらいのもの」だけだったのですから、この説はだめでしょう。でも、絶対になにかはあったのです。

今から三百万年前に氷河時代がやって来て、それから五十万年くらいたつと、道具を使う猿人が登場します。人間の先祖への行進が始まるのはその頃からで、そこから百七十万年くらいたつと、今度は原人が火を使い始めます。寒くて大変だったんだろうなと思いますが、大変だから、その不安を克服するために、人類につながる祖先達は「ものを考える」という方向に進んだんだろうなと考えられます。

「考える」を始めてしまうと、哀れなことに「もうこれでいい」と安心することが出来ません。それまでは「大丈夫」であったものが、その「改良」が考えられて、「もっとよくなった」になると、「その他のもの」まで、「もっとよくなるんじゃないのか？　このままでいいのか？」と思えて、その結果「もっとよくしなければいけない。もっとよくなるはずだ」という不安を連鎖的に生んでしまうのです。

ただ「食うこと」だけを考えていればよかった恐竜と、知能を発達させて行った人類との間にある前提の差は、「不安」があるかないかです。

「不安があるからこそものを考えざるをえない」というのは、今にも残る人間の真理で、「不安」という正体のよく分からない漠然としたものにつきまとわれるから、人間は「負けない」の限度を超えて、「勝ってやる！」という方向へ進んでしまうのでしょう。

不安があるからものを考え、それがなければ考えない

きっと、人間の頭の中には「原初的な不安」が残っているのです。だから人間は不

安を感じて、それを克服したいからいろいろと考えてしまうのです。

『聖書』のアダムとイヴは、「食べてはいけない」と神様に言われた禁断の果実に手を出して、めんどくさいことをなにも考えなくてもすんでいる「楽園」を追放され、困難がテンコ盛りの現実へと追いやられてしまいます。

「禁断の果実」は「知恵の木の実」とも言われますから、それだとすると「人間は知能を持つことによって不幸になった」ということになってしまいます。「アダムとイヴは、困難を克服するために知恵の木の実を食べて、厳しい現実の中へ入って行った」であってもいいのに、どうしてそうはならないのでしょう？　アダムとイヴの物語における「知性」の扱いは、ほとんど「呪われたもの」です。

どうして知性というものが「手に入れるとろくなことにはならない」というようなものになってしまうのかというと、それは知性というものが「不安」と不可分なもので、不安を克服するものであるのと同時に、不安によって導き出され、不安を導き出したりしてしまうものでもあるからでしょう。

だから、一度「不安」を感じてしまって、それと向き合わされるような形でものを考えようとし始めると、途端に連鎖反応のように「考えるべきこと」が増殖して、なにをどう考えたらいいのかが分からなくなって、かえって不安が広がったりします。「ものを考える」ということは「悲観的になる」ということでもあって、悲観的になることに慣れて耐性を作っておかないと「心が折れる」などということが起こって、「考える」ということがよく出来ません。「考える」ということは、「不安とつきあう」ということでもあるのですから、どうしたって悲観的にならざるをえないのです。よく「楽観的に考える」なんてことを言いますが、これはおおよそのところで嘘です。「楽観的である」というのは、「めんどくさいことをなにも考えない」ということで、だからこそ「楽観的な顔」をしているとバカだと思われ、なにも考えていないからこそ、楽観的でいられるのです。

人類の知能は、不安によって生まれました――私はそう思います。だから、うっかり考えてしまうと、人は悲観的な方向に進むのです。「考える」ということは、ある意味で「地獄の底まで降りて行く覚悟をする」ということです。でも、降りて行って「そのまま」だったらどうにもなりません。それはただ「地獄に落ちた」だけなので、そんなことをするのなら、そこへ降りて行く前に「戻って来る」を考えなければなりません。

つまり、「ものを考える」ということは、「悲観的であるような方向に落ちて行きながら、最後の最後に方向を〝楽観的〟の方向にグイッと変えるのが必要だ」ということです。

「このままじゃやばいぞ、なんとかしなくちゃ」という転換がなければ、「ものを考える」ということにはならないのです。

それでも「平気」と思える機能

人間は、放っとくと不安になってものを考えます。不安にならなくても、ものを考え始めると悲観的な方向に進んでしまうものですが、人間がそういうものであるなら、人間はみんな精神を病んでしまうはずです。でも、そういうことにはなりません。はたから見ていて、「どうしてあの人は不安にならないんだろう?」と思うくらい、なんにも考えない人だっています。どうして平気なのかというと、人間の脳には「当面必要でもないことを考えなくてもいい」とする機能があるからです。そんなことを脳科学者の人が言っているのを聞いて、私は「へー、そうなのか」と思いました。

「不安」を前提にしてものを考えるようになった人間の脳には、「そんな余分なこと考えなくてもいいじゃん」という安全装置が付いているのです。「付いている」というか、人間の体はそういうものを備えたのです。

考えるということが「悲観的な方向へ進ませるアクセル」なら、この「考えなくてもいいじゃん」はブレーキです。その両方があって、人間の脳は「必要なだけの正常な思考機能」を持つのです。だから、恐れず悲観的になって、最後、方向を楽観的に変えて、一連の思考をストップさせることが出来るのです。

だから、不安があって、それを克服するために「勝ちたい」と余分なことを考えても、「それは余分なことじゃないですか？」と、その脳は感じ取ることが出来るのです。

「感じ取ることが出来る」だから、それが出来ずに「勝つための戦い」を続けてしまう人だっています。「悲観的になる思考にストップをかけることだって出来る」だから、それが出来ずに鬱《うつ》状態から戻って来られなくなる人もいるのです。でも、人間の脳は「そんなこと考えなくてもいいよ」と自分に言える機能を持っているのですから、それが出来ないというのは、病気状態になっているということなのです。

それでも「負けてはいけない」と思う理由

人間の頭は「世の中にはいろんな人間がいてそれぞれに違う頭のよさを持っているから、自分が一番なんてことはありえない」ということが理解出来るようになっています。それを理解するのが知性で、その理解が出来ないのは「井の中の蛙」であるような子供だけです。だからこの本の初めのほうで言ったように、知性というものは、「人間の中に備わるのだったらいつかは備わるもの」で、初めから人間の中にインストールされているものではありません。

知性がある以上、人間は不安に衝《つ》き動かされて「勝たなくちゃ！」と思ったりもしますが、それは過剰で、「〝負けない〟というところに落ち着くのが妥当なのだ」ということも理解出来ます。

知性というのは「負けない力」で、なんでそんなものが人に備わるようになるのかと言ったら、人間が「不安」に取り巻かれるものでもあって、それと同時に「自分自身の尊厳」に気づくようなものでもあるからです。だから追い詰められた時、「自分という人間の尊厳」を信じる人なら、「負けてたまるか！」と思って、自分の中に眠ったままになっている知性を発動させようとするのです。

ということになると、「勝とうとする力」なんかよりも、「負けない力」の方がずっと高級だということにもなりますが、世の中はそうそう単純ではないので、「それでよし」ということにはなりません。

なにしろ、今の世の中には、「勝って余分な責任を背負い込むことになりかねないから、あまり頑張らないでほどほどにしといた方がいい」という処世術が、一方では罷《まか》り通っています。「下手に考えてもろくなことにはならないから、考えない方がいい」という、脳のブレーキ機能をもっぱらに使う人は、いくらでもいます。それですむのならいいのですが、そういう人達が「井戸から出た蛙」になってしまうと、「勝たなくてもいいじゃん」の平和状態は続かなくなります。

そういう「勝たなくてもいいじゃん」系の人達は、自分の中の「負けない力」を信じているわけではなくて、ただ根拠なく「自分は勝ってる」と思い込んでいるだけなので、その思い込みが破れると、とんでもないことになってしまいます。

そういう「もう勝ってる」系の戦わない人達がいる一方で、世の中には、「負けてはならない！　断固として負けてはならない！」という思いに動かされて戦い続けている人達だっています。

その人達は、別に「勝ちたい」と思っているわけではありません。「〃勝っていると思う人のレベル〃に達していないと、人生の敗残者になってしまう」と思って、日夜戦い続けている——日夜戦い続けなければいけないと思っている、真面目な人達なのです。

この人達は、自分の中にある「負けない力」を信じて戦い続けているわけですが、では、この人達に「知性」はあるのでしょうか？

疑問ですと言うのは、この人達はたった一つの価値観しか持ち合わせていないからです。

この人達には、「〃勝っている〃と思う人達のレベルに届けるか、届けないか」の価値観一つしかありません。「世の中にはいろいろな人間がいるよ」というところに立脚するのが知性ですから、たった一つの価値観の下で「負けてなるものか！」と戦い続けるのは、知性のなせるわざではありません。

「負けない力」というのは、私にとっては「いいもの」であるはずですが、現代では

「負けない力」が違うモチベイションによって動かされています。知性が負けてしまう最大の理由は、そこにあるのではないかと、私は思うのです。

終　章　世界はまだ完成していない

減点法の社会

日本の社会は、いつの間にか減点法で人を採点するようになってしまいました。

一九七〇年代になって高度成長が達成され、一億の日本人がみんな自分のことを「中流」だと思い込むような時代になってしまうと、「成功に関する平均的イメージ」が出来上がってしまいます。

それまでの日本の男達は「自分の達成目標」をどこに置いていいのか分からなかったので、ガツガツしたりギラギラしたりしていましたが、そこに「平均的な達成イメージ」が出来上がってしまうと、もうそんな「野望」のようなものは必要ありません。「みんなが目指しているようなもの」を目指せばいいのです。そして、日本人の考え方はそこから微妙におかしくなります。

「達成されるべき目標」はもう決まっていて、しかもそれは「みんながそうであってもいい平均値」ですから、「達成するのがむずかしい目標」ではないはずです——そのように当たり前に信じられるようになってしまいます。だから、その「平均的な目標レベル」に届かないことをうるさく言われるようになってしまうのです。

同じようなレベルに多数の人がひしめき合うのですから、ちょっとのミスが命取りのように思われて、「そんなヘマをしていてはだめだ！」と言われるようになります。「加点の多いものが勝ち」というのではなく、「減点が響く」という減点法の採点に変わるのです。

「平均値に届いているのは当たり前。それだからこその平均値」という思い込みが一般化してしまって、だからこそ「成功は、人並みで当たり前のこと」になり、最も恐ろしいことは、平均値からはずれて平均値に届かない「落ちこぼれ」と言われる存在になることでした。

初めの内は「達成目標に届かなければならない！」と追い立てられていたのは、もっぱら男でしたが、女も社会参加をするのが当たり前になって、男も女も「平均値からはずれるな！　平均値に届くのが最低線！」というような頑張り方をするようになって、「みんなと同じじゃなければやばい」という、初めから達成値が決められている減点法の支配する社会に変わってしまうのです。

なじみのある「格差社会」

減点法の社会の達成目標は「みんなと同じになる」で、最低限の達成ノルマも「みんなと同じ」です。「みんなと同じ」に届かないと脱落者で、「みんなと同じ」を少し超えてしまうと「いじめの対象」になってしまったりします。それが、「豊かにはなったけれど、まだそれほど豊かではない」という、平均値の豊かさが大事にされる社会です。

でも、一億総中流を達成した日本社会は、その先でも更に豊かになって、「平均値から逸脱したへんなもの」でも受け入れるようになってしまいます。「平均的なものだけだとつまらないから、個性がほしい」です。

豊かになったからこそ「個性的なもの」が「まァいいか」で受け入れられ、「個性的なもの」は経済成長を促進させる「多様化」の一つとしても考えられます。そういう進み方がある一方で、豊かさがバブルとなってはじけ、不景気がやって来ます。不景気になっても、一度開いてしまった人間の欲望はそう簡単に鎮静化しません。しかし、豊かさを失ってしまった社会では、そう簡単に逸脱した個性を養えません。再び「平均値からはずれるな」という動きが起こります。でも、既に社会全体のパイの大きさはかつてより小さくなっているので、「平均値」を達成した人間のすべてが「平均的な豊かさ」を手にすることが出来るかどうかは分かりません。

でもそうであっても、日本の社会はそうなるまでの間、「日本人全体の平均値を設定して、それを基準目標とする」というようなあり方を続けて来ました。だから、「日本人が手に入れられる平均的な豊かさ」というものがなくなってしまっても、どこかにまだ「目標となる平均値」があるように思ってしまうのです。

そして、そう考えればちゃんと「目標」はあります。目標設定の仕方を少し変えればいいのです。どういうことかというと、それに関してなら日本人はもう十分に慣れています。つまり、「君の偏差値だと志望校は無理だから、もう少し目標を下げたら?」というやつです。

「下げたって、別に悪い学校じゃないよ。施設だっていいし、学生のレベルだってそんなに低くないんだよ」と、指導の先生に言われてしまえば、「はい、分かりました」と言うしかありません。無理をするよりも、もう「安定が第一、落ち着き先があれば嬉しい」という時代になっているからです。

日本には「格差社会」と言われるものがやって来ますが、それを受け入れてしまう日本人は、実のところ「格差社会」に慣れています。社会人になる以前、多くの日本人は「偏差値によって振り分けられる」ということを経験しているからです。

「みんな」という高い壁

偏差値で振り分けられてはいても、かつての日本は、その先で「みんなと同じような豊かさのあるゴール」に行き着けるようになっていました――少なくともそう思われていました。でも「一億総中流」が崩れてしまって、「みんながたどり着ける豊かなゴール」はもうありません。ゴールはそれぞれに違うのです。それが「格差社会」というものなのです。

「みんな同じ」はもうありません。「みんな」は、「それぞれに違うけれど、でも〝みんな〟」という不思議な形を取るようになりました。

セレブの人達は、セレブの人達だけで「みんな」を形成して、ちょっとセレブな人達もちょっとセレブな人達だけで「みんな」を形成します。そうではなく、「自分達は普通だな」と思う人達は、「自分達は普通だな」と思う人達だけで「みんな」を形成して、「自分達は普通には届いてないな」と思う人達は、「自分達は普通に届いてないな」と思う人達だけで「みんな」を構成します。自分と同じような人達と「みんな」を構成していると、「他人からズレている自分」を発見して不安にならずにすむのです。

でもそれはとてもへんなあり方で、「みんな」というのは普通、「自分＋他人1＋他人2＋他人3＋……」というような足し算で出来上がるもので、「みんな」を構成する人達には、「それぞれの違い」というでこぼこがあります。それに対して、新しく形成されている「みんな」は、「みんな÷構成人数＝自分」というように、「自分」を割り算で導き出します。その「みんな」に所属する限り、自分は他の構成メンバーと「同じようなもの」になる——あるいは、ならなければならないのです。

別にそこに濃密な人間関係や人的交流があるからこそ「みんな」という意識が生まれるわけではなくて、人間関係が希薄だからこそ、「自分はどんなあり方をしていれば、自分の属する平均値に届くのだろう？」と思って、「みんなはこうしている（はず）」という、幻想の価値観を作ってしまうのです。

「たった一つの価値観に従わないと負けて、〝みんな〟という共同幻想から落っこちて孤独になってしまう」という恐怖感が「みんな」というものを作り、それを強固なものにして行くのです。「いじめ」に遭わないように「みんな」という等分のサークルを作って、でもそれがあるからこそ、「いじめ」も簡単に生まれます。「あいつは違う」と言えば、そこに「みんなからの排除」は簡単に生まれてしまうからです。

「みんな」としての結束の強さは、「〝勝っている〟と思う人のレベルに届かないと負けだから、頑張らねばならない」と思うのに似ていて、でも本当は、「自分の所属する〝みんな〟から脱落したくない」という、脱落からの恐怖なのです。

「みんなと一緒じゃいやだ。自分は個性的でありたい」と思う人だって、それと同じような「みんなと一緒じゃいやだ。自分は個性的でありたい」と思う人達と一緒に、自分の所属する「幻想のみんな」を作ります。一人で引きこもっていたとしたって、ネットやSNSがあるのですから、「幻想のみんな」を作ってそこに所属することは可能です。

人は既に孤立していて、その孤独に直面しないために「自分の所属するみんな」という幻想を設定して、「みんなはこうしている（らしい）」という幻想のモノサシを使い、自分のあり方を「みんな」に合わせ、それで安心しているのでしょう。

「みんな」というのは「人間の集まり」であるはずですが、それが一人一人の顔が見えない抽象的な概念のようなものになり、「そこに属している」と思う人達のあり方を守り、同時に、そこから出て行くことを妨げる「壁」のようなものにもなっているのです。

「みんな」という壁の中にいる人達は、そこにいるはずの一人一人の人間の顔を見ず、鏡のように機能する壁に映る「自分のあり方」だけを見ているのです。

「世界はもう完成している」という思い込み

どうしてそんなことになってしまったのかということは、もう説明してしまいました。日本の社会があるところで、「誰でも同じような達成を実現出来る」という平均化された社会を実現して、そのままそういう思い込みを固定化してしまったからです。「その幻の平均値の中に入れば、自分の取り分はあって、なんとかなる」という思い込みだけが残って、それぞれの人が「取れるはずの自分の取り分を取る――取れるはずだ」と思うようになってしまったのです。

でも、不景気のせいで「自分の取り分」はそんなに増えません。増えないけれども、まァなんとかなっています。そうなったらどう考えればいいのでしょう？

「そうか、もう世の中は完成しているから、これ以上動きようはないのだな」と考えればよいのです。

それが正しい考え方だというわけではなくて、そう考えれば「これ以上どうにもならないしな」と思う自分を責める必要がなくなります。なにしろ、もう世界は完成して、動きようがないからです。

同じことは、「平均値」の中に入り込めず、カツカツの取り分だけで生活している人にだって言えます。「もう世界は完成してしまっているから仕方がない」と思えば、自分の不甲斐《ふがい》なさを責めて苦しむ必要はなくなるのです。

でも、まだ世界は完成なんかしていません。「世界の基本フォーマットはとうの昔に出来上がっていて、それで全然大丈夫なんだけれど、どういうわけか今は経済の動き方が順調じゃないから、金融に関する数字をいじくり回せばなんとかなるはずだ」と思っている、いくばくかの人達がいて、その「経済」という大きな輪っかにリンクする形でインターネットの世界が存在する——だから「みんな」はそこに所属出来て、そこから出ることが出来ないというだけです。

そういう人達の「自分達は安定しているから、当面このままでOK」というような状態を、とても「世界は完成している」とは言えません。世界は完成しているのではなくて、ただ行き詰まって止まっているだけです。

だから、共産党の一党独裁で、経済発展もちゃんと達成した中国では、年間何万件というような暴動が発生しているのです。「もう完成しているからこれでいいのだ」と、共産党の指導部が思っているから、「民主化要求」の声は撥《は》ねつけられているのです。

もしも世界が完成していて、「このままでOK」ということだったら、どうして「イスラム国」などというものが台頭して、それに参加したがる人間が世界の各地に存在してしまうのでしょう？　「彼等は異常だ」と言う前に、「なにが彼等をそうさせるんだ？」と考えざるをえない状況が生まれてしまっているということは、世界が「このままでいい」というような形で完成しているのではなくて、どこかへんな風に歪んでしまっていることの証拠だとしか思えません。

「なんかへんだな……」と感じることからしか始まらない

もう最後になります。

「〝世界はもう完成している〟とは思わないけれど、でも自分の〝やるべきこと〟が見つからない——そんな余地がないから、〝このまま〟で我慢するしかない。だったら、もう世界は完成してしまっているのかもしれない」と思っている人は、大勢いるかもしれません。

でもそれは「絶望の追認」というもので、これで世界が完成しているのなら、この世界は早晩滅亡してしまいます。ものを考えるということは、「悲観的になる」ということですから、そういう考え方をすると話は一挙に「滅亡」へまで行ってしまいます。

でも、ものを考えるということは、「悲観的になりっ放しにする」ということではありません。悲観的になったものを、最後にグイッと「楽観的」な方向にねじ曲げての「思考」です。だから、「世界は滅亡の方向に向かっているかもしれないけれど、その前になんとかすることを考える」というのが必要で、「どうしたらいいんだ？」と考えて問題に立ち向かう必要が生まれます。

どうしたらいいんでしょう？

まず、考え方を変えるしかありません。たぶんこの本は、日本の総理大臣も日銀の総裁も読みません。日本を動かしうる立場にある人なんか、きっと誰も読みません。その点で、なんの影響力もありません。私にだって「日本を動かす力」なんかありません。

だったら、日本は、世界は、もう「完成」したままでどうにも動かないのでしょうか？　そう言われて、「その通り」とお考えになりますか？

ためしに、「日本も世界ももう完成している」と、三回ほどつぶやいてみてくれませんか。きっと、「そうじゃないな」とか、「なんかへんだな」という気がするんじゃないかと思いますが、じゃ「日本も世界ももう完成しているから、どうにも動かせない」だったらどうでしょう? そう思って口でつぶやいたりしたら、「そうだな」とあっさり納得してしまうのではないでしょうか?

「世界はもう完成している」だけだと、「そうなの?」という気がします。でもそこに、「だから動かせない」がつくと、「そうだな」という納得が起こってしまいます。ただの「世界はもう完成している」だと、あなた自身のあり方とは関係ありません。ただの「認識」です。だから、「そうかもしれない」と思うし、「そうじゃないかもしれない」とも思います。ところがここに「動かせない」がついてしまうと、ただ認識するだけではなくて、あなた自身の無力感や敗北感がくっついてしまいます。まるで「あなたは世界を動かせるの?」と言われているような気がして。だから「出来ません」になってしまうのです。

出来ないものは出来ないで仕方がありません。つまらない無理をする必要はありません。でも私は、あなたに「完成した世界を動かせ」と言っているわけでもなく、「動かせるの?」と尋ねているわけでもありません。「日本も世界ももう完成しているから動かせない」という認識を、正しいと思うか、思わないかと尋ねているだけです。

重要なところはそこです。性急に問題に立ち向かって行くと、問題の方から「じゃ、お前には俺が倒せるのかよ?」と言うような声が聞こえて来るような気がしてしまうのです。それで、「だめだ」とあきらめてしまうのです。

でも、そうなる前にやることはあります。問題を「問題」として捉えて、「なんかへんなところはないかな?」と考えることです。試験問題とは違って、あなたが現実に立ち向かう問題には「模範解答」などというものはないのです。問題に対する解答を出す人があるとしたら、それはあなただけです。

現実の問題に「答の出し方」などはありません。問題に対して格闘するのはあなた一人で、だとしたらあなたのすることは、「この問題はどうなってるんだ?」と、まず問題を検討することです。敵をよく知らなければ、敵を倒せません。ためつすがめつして、「なんかへんだな?」と思ったら、そこが解答につながる細い通路です。

それは、とても細い通路です。でも、「世界はまだ完成したわけじゃないよな」とあなたが思った時、あなたは少なくとも、「大きな問題」にただ打ちのめされているわけではないのです。今までそこに「ある」と思えなかった、細い通路があるかもしれないということに気づくのです。

「あまりにも大きすぎる問題」と向き合うと、「自分にこんな大きなものを解決する力はないな」と思ってしまいますが、それはあなたが「自分が立ち向かうべき問題」を発見出来なくて、問題を「なんだかよく分からないモヤモヤしたもの」にしてしまっているからです。あなたは「大きな疑問」に圧倒されて、まだ「問題」を「問題」として絞りきれていないのです。

「考え方を変えることの困難」なら、第四章でも言いました。今までの思考習慣を取っ払って「考え方の全取っ換え」をしたって、混乱が起こるだけだと。一人の頭の中の考え方を入れ換えたって、世界を動かしている考え方を突然変えたって、混乱が起こるのは必至《ひっし》です。

「考え方をいきなり変える」などという無茶なことを考えずに、まず「なんかへんなところはないか?」と考えるべきです。そういう形で、「自分が立ち向かえる問題」を探すのです。

「なんかへんだな……」と思うことが、むずかしい問題へ立ち向かうことの第一歩で、その小さな通路への扉が見つからない限り、問題は「問題」のままあなたの前に立ちふさがって、動かないのです。

「負けない力」というものは、それほどたいした力ではありません。それは「そう簡単に勝てたりはしない程度の力」で、もしかしたら「なんの役にも立たない力」かもしれません。でも、「負けない力」は、負けないので、しぶといのです。しぶとくてしつこくて、「勝ってやろう」とは思わなくても、ずーっと負けないのです。

あなたの中に知性があるということは、問題は簡単に解決出来ないし、「負けた」と思うことはいくらでもあるだろうけれど、でも「自分」が信じられるから負けないということです。

「自分」を捨てたら知性はありません。知性とは「自分の尊厳を知ることによって生まれる力」で、だからこそそう簡単にはなくならず、だからこそ「短期決戦」にはあまり強くないのです。

「それだけだよ、だからどうした」と、知性ならきっと言うでしょう。「自分に知性があるのか、ないのか」を私はよく分かりませんが、そんなことだけは分かる気がします。

もしかしたら、最も大きく最も困難な問題について

最後にもう一つ。私がなにを言っても、あなたは「なにがなんだか分からない」のままかもしれません。どうしてそうなるのかと言えば、それはあなたが「なにをしたらいいのかが分からない」と思っているからです。だったら、そのままにしていればいいのです。あなたの前に「なにかへんだな」と思えることがまだ現れてはいなくて、なんの問題もないだけなのです。だったら当面「それでいい」です。「自分の問題」が見えて来ないのに、「自分をなんとかしたい」と考えるのはへんですから。「自分をなんとかしたい」ではなくて、「行き詰まっている世界をなんとかしたい」とお思いなら、「どうすればいいんだろう?」とお考えになればいいのです。「そんなことを言われてもすぐには分からない」というお答が返って来そうですが、それは私のせいじゃありません。あなたが今までそういうことをあんまり考えて来なかったので、「どうすればいいのか」が簡単に分からないというだけです。

そして、もしかしたら、あなたが「なんとかしたい」と思っていることは、そう簡

単に「なんとかなる」ようなものではないのかもしれません。にもかかわらず、そういう面倒なことをあまり考えたことがないあなたは、うっかりと錯覚して、「これは簡単に分かることなんじゃないのか?」とお考えになっているだけなのかもしれません。

あまり普通には言われないことかもしれませんが、人間の頭は「考えるとよくなる」という構造になっているのです。「考えること」だけではなく、人間のやることすべては、「慣れればなんとかなる」というもので、慣れようとしないでいる間は「なんともならない」のです。

「自分の考え方」は、自分で掘り当てるしかありません。「考える」ということは、「他人にコツを教えてもらって出来るようになること」ではありません。「考える糸口を見つける」ということだって、「自分にふさわしい考え方の糸口を見つける」になっていなければ、なんの意味もありません。

私はここで万人向けの人生相談の回答を書いているわけではないので、あなたがなにに釈然としていないのかは分かりません。分かるのは、あなたが今一人でなにかを考えているだろうという、そのことだけです。

「ものを考える」ということは、大抵一人でします。だから「あなたは一人でなにかを考えているのだろう」と思うのですが、しかしそれをしていると、自分の頭の中だけで完結して、船で言えば座礁したような、なにかに乗り上げたような終わり方をしてしまうことになりかねません。一人の作業だからそれも仕方のないことではありますが、しかし「ものを考える」というのは、一人の作業でありながら、一人の作業ではないところもあります。どういうことかと言うと、「対話」という形式によって、「誰かと一緒に考える」ということも出来るからです。

古代ギリシアの哲学者プラトンは、「対話」という形式で自分の考えていることを著述しました。一人で書いているくせに、「他人と話をしている」という形式を採用したのです。

人と話をしていると、「そうだ、そうだ」と納得出来て、簡単に「分かった」というところまで行けてしまうことがあります。でもその逆の、「そうだ、そうだ」になれなくて意見が対立してしまうことだって、いくらでもあります。前にも言いましたが、現代では「みんな」から仲間はずれになりたくなくて、対立を避けて、「みんな」が納得しそうなところで「そうだ、そうだ」をしてしまうことだってあるのです。

だから、そうならないように「他人とは突っ込んだ話なんかしない」と思って、「自分の考え」を自分の中だけに止《とど》めておくことだってあるはずです。

でも、そればっかりやっていると悲しくなります。「自分はこう思っているけど、他人はどう考えているのかな？」と思うことはありませんか？　もしかしたら、そう思えない「孤独」こそが、現代日本の最大の問題で、最大の困難なのかもしれません。だから多くの人が、答が返って来るかどうか分からないのに、不特定多数の人に対して「発信」をしてしまうのでしょう。

自分一人で考えていると、どうしても「自分対全世界」というような考え方になってしまいます。なぜかと言うと、「自分」も一人なら「全世界」も「全世界」という一つの塊だから、「自分対全世界」という一対一対応が自然と頭の中に出来上がってしまうからです。でも、「全世界」というのは、分かりやすいのが取り柄なだけの漠然とした一つの概念です。「自分」と一対一対応にしてしまうのには、無理がありま す。「無理なんだ」と理解するべきです。

実は、「全世界」なるものは、「大勢のいろんな人によって出来上がっているもの」です。それをそのまんまにしておくと扱いにくいから、便宜的に、手のひらに収まるような「一つの小さな概念」にしてしまったのです。最大の困難というのはここに由来するはずです。行き詰まっているかもしれない「世界」や、あなたの周りの「外部」は、ギュッと固まった一つの概念ではなくて、一人一人の人間の集まりなのです。あなたも「一人の人間」なら、あなたの周りにいるのもあなたと同じような「一人の人間」で、すごいことに、この「世界」はそういう無数の「一人の人間」によって出来上がっているのです。

もしかして、あなたが抱えていて見つけられない「問題を解く糸口」というのは、そこにあるのかもしれません。それが「一人一人の人間の集まり」なら、それは「拒絶する壁」のようなものではなくて、ただの「接続可能な人々」でしかないからです。「話せば分かる」かもしれませんが、「話しても分からない」であるかもしれません。でも「世界」は、そういう対話が可能な無数の「一人の人間」の集まりとして出来上がっているのです。

もしかしたら、現代日本の最大の困難は、「世界」を、あるいは「自分の外部」をただの「一つの塊」と思ってしまって、「対話が可能な人間達」が作り上げているということを忘れてしまったことによるものかもしれません。

「世界」が行き詰まって、「なんとかしよう」と思える糸口が見つかりにくいのは、「自分の外部」を「一つの塊」だと思って、それが「一人一人の人間達で出来上がっている糸口の塊」であることを忘れてしまっているからかもしれません。

「そうだ」と思っても、それだけではどうにもなりません。でも、「そうなんだ」と思わなければどうにもなりません。あなたが「一人の人間」なら、「あなたの外部」を作っている人達も、それぞれがみんな「一人の人間」なのです。あなたと「一対一対応」をするものは、抽象的な「世界」とか「外部」というものではなくて、「一人の人間」なのです。

「自分一人」ではどうにもならなくても、「自分一人」ではなかったら、「どうにかなる」の方向へ動き出すかもしれません。

「それは一人一人の人間の集まりだ」と思った時、あなたの周りにあるかもしれない「壁」は、違うものへとほぐれ始めて行くはずです。「人と話し合うことが出来る」というのは、知性のなせるわざで、「勉強が出来る」だけではなんともならず、「自分一人でなんとかする。勝ちたい」と思っていても、人の協力を得ることが出来なかったら、なんともならないのです。

「行き詰まった世界」をなんとかするための方向は、「世界は行き詰まっていない」と考えることによってしか生まれないでしょう。そのために重要なことは、「なぜ自分は〝世界が行き詰まっている〟と思っているのだろう?」と考えることです。人はあまり「自分の責任」を考えませんが、もしかしたら「自分がそう思うことによって事態を悪化させている」ということだってあるのかもしれません。「自分のせいじゃないけど、でも少しは自分のせいかもしれない」と思わないと、行き詰まったままの「世界」は行き詰まったままだろうと、私は思っているのです。

文庫版のためのあとがき

この本は二〇一五年の七月に大和書房から刊行された、書き下ろしの単行本の文庫化です。

この本が書かれた経緯は、一番最初の「はじめに」に書いてありますが、私はこの部分を何度書き直したかは分かりません。たぶん六、七年の間、「この本はなにかの役に立つ本ではありません」という文章を繰り返し書いていたと思います。私はこの期間に病気になって、体力が回復するまで二年近くのブランクはあったのですが、なんでまたそんなにも長期間にわたって「はじめに」である部分を書き直していたのかというと、書き直しても書き直しても、これが長くなってしまったからですね。「まえがき」とか「はじめに」という部分は、普通二、三ページ、長くても四、五ページで終わるものです。この本の「はじめに」も元の単行本で四ページですが、そこで収まったのは、長い試行錯誤の末です。ここに至るまでの間、私は原稿用紙を百枚くらい無駄にしています。私の中で、そういう経験はこれ以前にも以後にもありません。なんでそういうことになってしまったのかと言えば、それはこの本が「知性に関する本」だからです。

でも、微妙なところで、これがなんの本かは分かりません。どうしてそんなことになってしまうのかというと、私がこの本を書き始めた段階で、既に「知性」というものがどういうものなのかが分からなくなっていたからです。だから私は、この本の初めでいきなり、《「負けない力」とは、知性のことです》と言っています。「知性に関する本」で、いきなり、「知性とは負けない力なり」という断定――「知性とはなんなのか？」という定義をしているということは、もう「〝知性〟とはどういうものでどんな意味があるのか」ということが分からなくなっている、という前提があってのことです。

だから、「知性に関する本を書いて下さい」と言って来た大和書房の編集者の頭の中には、「世の中のことがスパスパ分かれるようになる、読むだけで頭がよくなりそうな本」という期待もあったでしょう。しかしそれと同時に彼は、「視界不良になっている自分の目の前をふさいでいるモヤモヤを、なんとかしたい。でも、どうもすっきりしない。なにを学んでなにをどう考えていいのかが分からない。もしかしたら、自分が物を考える時に基準にしていた〝知性〟というものに変化が起こって、そのために視界不良状態は生まれたんじゃないか？」というようなことを考えて、それで私に「知性に関する本を書いてほしい」と言ったのではないかとも考えました。「知性に関する本」などという漠然とした発想は、そうでなければ生まれて来ないと思います。

本が売れない今の世の中で「知性に関する本」などというものが売れるはずはありません。なぜかと言えば、「知性と民主主義は金にならない」からです。

民主主義の原則は「平等」です。でも金儲《かねもう》けは「富の偏差を作り出す作業」です。普通はこんなことを言いませんが、金儲けは民主主義と対立して、金儲けに成功した人は、あっさりと「民主主義なんて幻想だ」と言いますし、金儲けに成功出来ない人も、「民主主義なんて幻想だ！」と言います。だから、民主主義を説いても金にはならず、民主主義は無償のボランティアに支えられるしかなくなるのです。それでいいとは思いませんが、でも、現実は現実です。

既になにかは相当に歪《ゆが》んでいますが、そういう現実の中で、知性は金になりません。一人で黙って本を読んでいたり、なにかについて考えていても、「どうしてちゃんと働いて金を稼ごうとはしないんだ！」という声が飛んで来てしまいます。現実に「あなたの大学の某学科はあまり役に立つような研究をしていないので、研究予算をカットします」と言われるような事態は、もう起こっています。

知性というものは、直接「金」に結び付くものではありません。ですが、「金」や「現実的利益」と結びつかないと「なんの役にも立たない」と思われてしまうという危険性もあるので、「実際に役に立つ考え方」とか「こうすればうまく行く」というような、成果があることを前提にしたものが、知識だったり知的だったり知性なんだと思われてしまっています——明らかにそういう傾向がありますが、知性とはそういうものではありません。

「知性というものは、〝金になる〟とか〝目先の問題を解決する役に立つ〟という程度のものではない」という常識、知性に関する前提が崩れてしまっていることが、知性に関する最大の危機です。

『負けない力』と題されたこの本が語るものは、知性というものが崩れて力を失って行くそのプロセスです。この本を書き上げた後、私は「小説TRIPPER」誌で『知性の顚覆《てんぷく》』と題される連載を始めます（これは二〇一七年に同タイトルで朝日新書の一冊として刊行されました）。このタイトルの意味は、初めは「このままじゃ知性は顚覆しちゃうぞ」ということでした。しかし、二年間続いた連載の最終回では、その章題が「顚覆しちゃいましたね」になっています。この間になにが起こったのかと言えばもちろん、「あんな者がアメリカの大統領になれるはずがない」と信じられていたドナルド・トランプが、二〇一六年秋の大統領選に勝ってアメリカ大統領になってしまったことですね。アメリカの有力新聞は揃《そろ》って「トランプは大統領になれない」と言っていて、しまいには「トランプを大統領にすべきではない」とまで言ったけれども、彼は国民の支持を集めて、(その背後には不正があったかもしれないけれど) 大統領選挙に勝ってしまった。

彼が登場する少し前辺りから「反知性主義の台頭」というようなことが言われて、ドナルド・トランプは「反知性主義の大統領」であったのかもしれないけれど、しかし彼が大統領になった頃から「反知性主義」という言葉はあまり囁《ささや》かれなくなってしまった。思いつきだけで生きている気紛《きまぐ》れの気分屋に「反知性主義」などという重々しい言葉を与えてもしょうがない。もっと簡単な二文字で片が付くというようなことなのかもしれません。

「ドナルド・トランプが大統領になったのはアメリカのことで、日本とはまったく関係のないことだ」と言えるでしょうか?

「なにかとんでもないことが起こった――起こっている」と感じれば、アメリカとは関係のない日本でも、「なにか起こっていないか？」という気にはなるはずです。「なにかとんでもないことが起こって、それが止めようもないまま、日本でも続いているのではないか？」という疑問は生まれるはずです。そうなってやっと、「知性というものが崩れて、その力が失われていた」という気づき方が出来るはずです。

まず「証拠」があって、それに関する点検が行われるというのが、普通一般の分かりやすい形です。ところがこの『負けない力』は、「知性の顚覆」などということになる以前の本ですから、「証拠」がありません。「このままだと大変なことになるかもしれないよ」なんてことを言ったって、誰が耳を傾けてくれるでしょうか？　耳を傾けてくれるのは、「知性に関して考えられるだけの頭を持った人」で、私の予想では「状況的にそんな人はそうそういなくなっているだろう」であったりもします。「知性のなんたるか」を考えられるような人は、「知性とはそもそもなんなのか？」という始まり方をする本なんか読みゃしません（と、私は思います）。

二〇一五年の私にとって、知性というものは、もう「いつ崩壊してもおかしくないもの」になっていました。そして、「誰が知性というものを崩壊させているのか？」

という問いの答もはっきりしていました。それは、「大衆」と言われるものに属している、読者の「あなた」なのです。

でも、この本の中ではそれを明言していません。「そうであるかもしれないことを理解してほしい」というほのめかしをしている程度です。「あんたがぼんやりしてる内に、知性は崩壊しちゃうんだぜ」と言えていたら話は簡単でしょうが、それを言ってもあまり意味がありません。「知性は顚覆しちゃった、崩壊しちゃった」のままだと、この地球の上で人間が「人間」をやって行く上での指針がなくなってしまいます。顚覆したなら顚覆したで、これを再構築しなければなりません。そこまで含めての『負けない力』ですが、そんなことを考えながら書いていたので、何度も何度も書き直して原稿用紙を無駄にしてしまいました。

この本を書き上げた時には、「出来たけど、やっぱりむずかしい本になっちゃったな」と思いましたが、三年ばかりたった今では、少し分かりやすくなったのではないかと思います。既に顚覆してしまった以上、「負けない力」は必要とされるべきなので――。

二〇一八年四月二十七日

負《ま》けない力《ちから》

朝日文庫

2018年6月30日　第1刷発行
2019年5月30日　第2刷発行

著　者　橋《はし》本《もと》　治《おさむ》

発行者　三宮博信
発行所　朝日新聞出版
〒104-8011　東京都中央区築地5-3-2
電話　03-5541-8832（編集）
03-5540-7793（販売）

印刷製本　大日本印刷株式会社

Published in Japan by Asahi Shimbun Publications Inc.
定価はカバーに表示してあります

ISBN978-4-02-261933-4